Peter Granzow

Störfaktor Kunde

Humorvolle Geschichten aus Kundensicht

Copyright: © 2014 Peter Granzow

Lektorat: Erik Kinting / www.buchlektorat.net
Umschlaggestaltung: Erik Kinting

Verlag: tradition GmbH, Hamburg
Printed in Germany

Bibliografische Information der Deutschen Nationalbibliothek:
Die Deutsche Nationalbibliothek verzeichnet diese Publika-
tion in der Deutschen Nationalbibliografie; detaillierte bibliografische Daten sind im Internet über http://dnb.d-
nb.de abrufbar.

Einleitung

Liebe Leserin,
Lieber Leser,

auf dem deutschen Buchmarkt gibt es Tausende von Büchern, einige von ihnen sind sinn- oder humorvoll, aus anderen wiederum kann man sogar etwas lernen. Einige sind aber auch nur dafür gemacht, um wackelnden Tischen vorübergehend eine gewisse Standfestigkeit zu geben oder aber, um eine Lücke im Bücherregal zu schließen. Dann wiederum gibt es Bücher die nur gekauft werden, um sie zu verschenken; der Beschenkte muss sich dann krampfhaft freuen und steht unter dem Druck, das Buch auch lesen zu müssen, schließlich könnte ja die Frage auftauchen, ob das Buch gefällt. Wer da dann nicht vorbereitet ist, besorgt sich am besten eher heute als morgen ein Buch über gute Ausreden.

Es soll sogar ein Buch geben, das weltweit millionenfach verkauft, gleichzeitig aber so gut wie nie gelesen wurde. Bestimmt hatten auch Sie es schon einmal in der Hand; wenn nicht im heimischen Wohnzimmer, dann aber garantiert in einem der vielen Hotels dieser Welt: die Bibel.

Nun gibt es auch noch ein Buch von *mir* auf dem Markt und Sie halten es gerade in der Hand. Hoffentlich haben Sie es nicht als Not-Geschenk zum Geburtstag oder Weihnachten bekommen und mussten, wie bereits beschrieben, krampfhaft Freude zum Ausdruck bringen. Sollte dieses dennoch der Fall gewesen sein, so distanziere ich mich hier ausdrücklich von den Folgen einer zerstörten Freundschaft. Deshalb möchte ich an dieser Stelle auch gleich geloben – erlauben Sie mir dafür bitte den Gebrauch der Worte unserer ersten und vielleicht auch einzigen Bundeskanzlerin, Frau Dr. Merkel –, dass ich Deutschland dienen möchte, indem ich Sie, liebe Leserin, lieber Leser, mit wahren Geschichten aus dem oft trostlosen Alltag erheitere.

Vielleicht finden Sie mein Buch ja gelegentlich auch sinn- und humorvoll oder können tatsächlich etwas daraus lernen, wobei ich gestehen muss, dass es dafür anfangs nun wirklich nicht gedacht war, aber es würde mich besonders freuen und mit Stolz erfüllen. So gesehen bliebe meinem Buch dann sicherlich auch das Schicksal des Lückenbüßers in Ihrem Regal erspart und wer weiß … eventuell verschenken Sie es sogar an einen Menschen, der Ihnen am Herzen liegt.

Gerade fällt mir ein beziehungsweise auf, dass ich Sie noch gar nicht darüber informiert habe, um was es in meinem tollen Buch eigentlich gehen soll. Ich erwähnte zwar, dass hier wahre Alltagsgeschichten erzählt werden, die ich leider alle persönlich erleben musste, nicht aber, dass diese Erlebnisse auch sehr ärgerlich für mich waren. Wer also ein Kochbuch erwartet hat, sollte lieber schnell ein anderes Werk zur Hand nehmen. Andererseits … einige der Erlebnisse, an denen ich Sie gerne teilhaben lassen möchte, brachten mich gelegentlich mehr als nur zum Kochen!

1. Mein erster Wohnzimmerschrank

Denken Sie bloß nicht, nur weil Sie ein Möbelstück und eine zusätzliche Dienstleistung gekauft haben, dass Sie das dann auch wirklich alles bekommen. Natürlich müssen Sie erst einmal alles bezahlen, denn ohne Bezahlung keine Lieferung. Nach der Bezahlung wird aber mitunter trotzdem nicht geliefert – nicht etwa, weil man Ihnen Böses will, nein, nein. Es ist eben so, dass es das, was Sie gekauft haben, manchmal ganz einfach nicht gibt. Das Dumme ist nur, dass die Verkäuferin, die es Ihnen zuvor verkauft hat, das gar nicht wusste.

Das finden Sie jetzt zu kompliziert? Na, dann lesen Sie selbst:

Im Alter von 24 Jahren bezog ich meine erste eigene Wohnung, bestehend aus zwei Zimmern, einem Bad und einer Küche. Zuvor hatte ich in einem 36 Quadratmeter großen Einzimmerapartment gelebt und davor wiederum den Versuch gewagt, es mit zwei Freunden in einer Dreier-Wohngemeinschaft auszuhalten. Allein dieses Erlebnis würde ein ganzes Buch füllen, heute möchte ich Sie jedoch mit den Erlebnissen dieser nachpubertären Männerwirtschaft verschonen. Aber aus genau dieser Wohngemeinschaft zog ich nun in mein erstes eigenes Heim, bestehend aus 55 Quadratmetern.

Da ich in den ersten Jahren meines jungen Lebens stets nach der Devise meiner Großmutter *Spare in der Zeit, so hast du in der Not* gelebt hatte, verfügte ich über einen kleinen Geldbetrag, von dem ich mir jetzt meine erste richtige Einrichtung leisten konnte. Mein kleines Vermögen sollte umgehend in Möbel angelegt werden.

Eines Tages kam ich in Hannover per Zufall am Kaufhof, gleich gegenüber dem Hauptbahnhof vorbei und erblickte im Schaufenster eine entzückende Schrankwand, jedenfalls nach meinem damaligen Geschmack. – Ja ja, damals konnte man nicht nur mit der guten alten D-Mark bezahlen, Kaufhäuser hatten sogar noch eine eigene Möbelabteilung. Sollten Sie ein Kind der 60er sein, so wissen Sie ja wovon ich schreibe. Heute dagegen, muss man selbst für einen kleinen Duschvorhang ins 20 Kilometer entfernte Industriegebiet vor der nächsten Stadt fahren.

Die besagte Schrankwand gefiel mir auf Anhieb so gut, dass ich sie haben wollte. Sie bestand aus zwei mit schwarzem Lack überzogenen Türmen, die im unteren Teil mit einer beziehungsweise zwei Türen versehen war, darüber eine Reihe Schubkästen hatte und darüber wiederum die klassische Glastür. Zwischen beide Türme wurden fünf ebenfalls schwarz lackierte Regalböden gesteckt, sodass die ganze Wand eine stolze Breite von 2,4 Metern erreichte. Neben der Grundfarbe Schwarz waren die Türen, Glasrahmen und Schubkästen mahagonifarben. Ein wahrer Traum für einen 24-jährigen jungen Mann, der IKEA damals noch nicht kannte. Die ganze Wand kostete den stolzen Preis von 1.799,- DM, für einen gelernten Konditor, dessen erstes Bruttomonatsgehalt zwei Jahren zuvor fast gleich hoch war, eine recht teure Anschaffung.

Langsam nähern wir uns hier dem Hauptgrund meiner ersten Geschichte; die Wand habe ich noch am selben Tag bestellt und auch – jetzt kommt das eigentliche Übel – den Aufbau der

Schrankwand durch zwei Monteure! Eine nette Verkäuferin bot nämlich an, dass man sich für einen kleinen Aufpreis in Höhe von 100,- DM, die Wand gleich von zwei Tischlern aufbauen lassen könne, ansonsten würde sie nur geliefert werden und man müsse den Aufbau selber leisten. Was soll's dachte ich und bestellte auch den Aufbau, sollten ruhig zwei Profis den Schrank aufbauen, so würde es sicherlich schneller gehen und falls es Materialfehler oder dergleichen gäbe, könnten die Herren die Wand gleich wieder mitnehmen. Noch war mir nicht bewusst, wie klug diese Entscheidung später sein sollte – theoretisch jedenfalls.

Nach der üblichen Wartezeit von sechs langen Wochen kann sich bestimmt jeder nur zu gut vorstellen, wie aufgeregt ich am Tag der Anlieferung gewesen bin, endlich sollte meine neue Errungenschaft kommen. Da, wo bislang nur volle Umzugskartons standen, sollte in wenigen Stunden meine erste eigene und vor allem eingerichtete Schrankwand stehen; ich war begeistert. Für leicht Herzschwache unter Ihnen möchte ich die Spannung an dieser Stelle schon etwas nehmen und das bekannte Sprichwort *Die Vorfreude ist immer das Schönste* einbringen. Da ich seinerzeit in meinem neuen Beruf viel in den neuen Bundesländern unterwegs gewesen bin – die Mauer war gerade gefallen und für westdeutsche Firmen herrschte im Osten Jahrmarkt –, war ich immer nur von Samstag bis Dienstag in meiner neuen Wohnung. Den Liefertermin hatte ich deshalb auf einen Montag legen lassen, sodass ich mich wenigstens noch am Dienstag über meine Schrankwand hätte freuen können, bevor ich abends wieder in Richtung Osten fahren musste.

Laut Lieferplan sollte gegen 17 Uhr die magische Zeit sein, was offenbar bedeutete, dass ich an diesem Tag der letzte zu beliefernde Kunde gewesen bin.

Nach meiner heutigen Rechnung muss es an diesem Montag bei jedem Kunden, der vor mir beliefert wurde, ungefähr zehn Minuten Verzögerung gegeben haben, außerdem schätze ich, dass acht oder neun Kunden vor mir beliefert wurden. Ganz Schnelle unter Ihnen haben nun schon herausbekommen, wann der Möbelwagen vor meinem Haus stand: um 18.30 Uhr mit 90 Minuten Verspätung!

Andererseits verging diese Wartezeit auch wie im Flug, denn nun hatte ich gründlich Gelegenheit mir zu überlegen, wie ich meine tolle neue Wand einrichten, gestalten und dekorieren wollte. Um dieses besser umsetzen zu können, öffnete ich meine seit Wochen verschlossenen Umzugskartons und packte schon Gläser, das gute *Thomas-Geschirr* – damals schon sündhaft teuer, deshalb steht es auch heute noch in meinem Schrank – und anderen Kleinkram aus, um ihn abzustauben und griffbereit im Wohnzimmer zu verteilen. Durch die geöffneten Kartons, den ausgepackten Kleinkram und das herumliegende Zeitungspapier, in das alles eingepackt war, hatte mein Wohnzimmer eine gewisse Ungemütlichkeit gewonnen, was mir gar nicht behagte, schließlich liebte ich ja die Ordnung; aber gleich sollte das Chaos ja Stück für Stück ein Ende bekommen.

Als der Lieferwagen gegen 18.30 Uhr vor meinem Haus parkte wunderte ich mich etwas, denn die beiden Möbelpacker suchten für den relativ großen 7,5-Tonner erst gar keinen Parkplatz in meiner engen kleinen Straße, stattdessen parkten sie in zweiter Reihe, machten das Warnblinklicht an und öffneten die beiden Ladeklappen. Während sich einer der beiden zu meiner Haustür bemühte und klingelte, holte der andere bereits die ersten verpackten Teile aus dem LKW. Nachdem ich die Tür geöffnet hatte und sich einer der beiden kurz vorgestellt und vergewissert hatte, dass er bei mir richtig sei mit der Lieferung, war er auch schon wieder weg und half seinem Kollegen beim Hereintragen der Einzelteile. Ich gebe zu, über die Vielzahl der in Pappe verpackten Teile war ich doch sehr überrascht, schließlich hatte ich meine neue Schrankwand bislang nur aufgebaut im Schaufenster gesehen. Dass es nun aber so viele kleine, große, lange, kurze, dicke und dünne Kisten waren, hätte ich nicht gedacht. Offenbar war jedes einzelne Brett, ja jede kleine Schraube und jedes Zubehörteil einzeln verpackt und in Folie geschweißt. Tief im Inneren war ich froh über meine Entscheidung, den Aufbau mitbestellt zu haben, wobei ich mich auch fragte, wie lange ich die beiden Herren nun noch zu Besuch haben sollte, inzwischen war es immerhin schon kurz vor 19 Uhr.

Diese Frage wurde aber relativ schnell beantwortet. Kurz nachdem offensichtlich alle Kartons in meinem Wohnzimmer abgestellt waren und es bei mir nun wie bei den berühmten Hempels aussah, wischte sich einer der Möbelträger den Schweiß von der Stirn und sagte nur kurz *Tschüss*, während der andere ein Klemmbrett hervorholte, einige Notizen machte und mich um eine Unterschrift bat. Im ersten Moment glaubte ich noch an das Gute und dachte, er wolle die Wand nun wohl alleine aufbauen, doch kaum gedacht zeigte er mir auf dem Zettel die Linie, wo ich unterschreiben sollte, offenbar tat ich ihm das nicht schnell genug, denn er wirkte leicht gereizt. Von draußen hörte man inzwischen schon, wie der Lkw angelassen wurde und plötzlich sah ich mich mit meinen zwei Dutzend Kartons in meiner Wohnung zurückgelassen, der Schrank unaufgebaut und keine Spur von Werkzeug, mit dem ich dieses hätte alleine bewerkstelligen können. Inzwischen führte meine Hand den Kugelschreiber ganz automatisch und wie in Trance über das Lieferprotokoll. Mein Name stand plötzlich ganz unten rechts ... und dann funktionierte ich wieder, hörte meine eigene Stimme, noch etwas leise, den Schock aber offenbar überwunden, und stellte die alles entscheidende Fragen, ob sie die Wand denn nicht aufbauen wollten, schließlich hätte ich das doch bezahlt. In diesem Moment hörte man draußen vor der Tür noch einmal den Lkw aufheulen, offensichtlich wollte der Fahrer seinem Kollegen in meiner Wohnung damit mitteilen, dass er startbereit sei und der Feierabend rufe. Mein Feierabend dagegen schien in weite Ferne zu rücken und startbereit, die Wand selber aufzubauen, war ich nun überhaupt nicht, stattdessen war ich wie der Lkw, kurz davor aufzuheulen. Der leicht genervte Herr schaute mich nur kurz an, sah auf seine Uhr und erklärte mir, dass der Aufbau dieses Schrankes mindesten zwei bis drei Stunden dauern würde und es jetzt schon 19 Uhr wäre. Außerdem würde er selbst nur liefern, aber keine Aufbauarbeiten erledigen. Stattdessen sollte ich die Firma anrufen, die wiederum würden dann einen Tischler schicken. Die Frage, ob er die Wand aufbauen würde, erübrigte sich in diesem Moment zwar, dennoch kam sie ganz automatisch aus meinem Mund heraus und wurde auch ein drittes Mal verneint. Ich hörte noch ein kurzes *Auf Wiedersehen*, das Zufallen meiner Wohnungstür und das Wegfahren des Lieferwagens bevor mir klar wurde, dass es heute also keinen gemütlichen Abend mehr vor meiner neuen, eingerichteten Schrankwand geben würde.

Es war inzwischen kurz nach 19 Uhr und ich hatte noch den Satz *Firma anrufen* im Ohr, also suchte ich auf dem Lieferschein nach der Servicetelefonnummer. Ja natürlich, es war nach 19 Uhr, also hörte ich nur eine Stimme vom Band die mir mitteilte, dass ich leider außerhalb der Servicezeit anrufen würde, man morgen früh ab acht Uhr aber wieder Zeit für mich hätte. Gut dachte ich, an diesem Abend werde ich nicht mehr viel erreichen können, außer damit zu beginnen, die Kisten schon einmal selber auszupacken. Aber nein, schließlich hatte ich 100,- DM für den Aufbau bezahlt, sollten die Herrschaften das also bitte selber machen.

Am nächsten Morgen ließ ich mich durch meinen Wecker bereits gegen 7.45 Uhr aus den Träumen reißen, schließlich wollte ich um Punkt acht Uhr die Servicenummer des Kaufhofs wählen. Relativ schnell gelang es mir eine Mitarbeiterin an die Strippe zu bekommen und schilderte ihr meinen Fall. In einem recht netten Tonfall erklärte sie mir, dass die beiden Lieferanten vom Vortag richtig gehandelt hätten und ich nun bei ihr den Tischler bestellen könnte. Leicht verärgert nahm ich dieses zur Kenntnis und erwiderte noch kurz, dass mir das aber auch die Verkäuferin hätte sagen können, denn dann hätte ich den Termin gleich mit ihr vor Ort vereinbart. Sie gab mir zwar recht, ändern konnte sie das nun aber auch nicht mehr. Ich erklärte ihr dann, dass ich beruflich viel unterwegs sei und für einen Aufbau immer nur Montag oder Dienstag infrage kommen würde.

Da es bereits Dienstag war und ich ein wenig scherzen wollte, fügte ich noch hinzu, dass es für den heutigen Dienstag dann ja ohnehin etwas spät sei. Mein Scherz schien gut bei ihr anzukommen, denn an ihrer Stimme hörte ich wie sie lachte und mir gleichzeitig sagte, dass sie mir in den nächsten vier Wochen ohnehin keinen Tischler schicken könne. Es herrschte ein kurzes, aber heftiges Schweigen. Da ich mir auf Anhieb nicht sicher war, ob ich gerade richtig gehört hatte, bat ich darum, mir dieses noch einmal zu sagen. In gleichbleibend nettem Ton erklärte sie mir, dass alle Tischler auf Wochen ausgebucht seien, hätte ich den Termin aber gleich damals beim Kauf vor sechs Wochen vereinbart, wäre das alles kein Problem. *Aha, kein Problem*, dachte ich – offensichtlich hatte hier eine Verkäuferin einen Fehler gemacht und ich sollte nun, nachdem ich sechs Wochen auf meinen Schrank gewartet hatte, noch einmal sechs Wochen darauf warten, dass dieser auch aufgebaut wird? Nein, das ging nun zu weit. Obwohl ich damals noch recht jung gewesen bin, wollte ich mir das wirklich nicht bieten lassen. Wie aus der Pistole geschossen hörte ich mich sagen, dass ich den Schrank unter diesen Umständen nicht mehr wolle und die beiden Fahrer vom Vortag ihn sofort wieder abholen könnten. Die Telefonisten, die für all diesen Ärger ja nun wirklich nichts konnte, blieb immer noch erstaunlich freundlich, höchstwahrscheinlich stach sie während unseres Telefonats schon die ganze Zeit mit einer Nadel auf eine Voodoo-Puppe ein, die ein Hemd mit der Aufschrift *Kunde* trug, und erkundigte sich, ob ich denn nicht die Möglichkeit hätte, den Schrank selber aufzubauen. Eher aus Trotz und wie ein bockiges Kind antwortete ich erst einmal mit Nein; ich hatte für den Aufbau bezahlt, also wollte ich ihn auch – jetzt und sofort. Natürlich versuchte die Gute mich wieder ruhig zu stellen und kam mit einem mir völlig unverständlichem Argument: Plötzlich schlug sie vor, dass sie mir die 100,- DM zurücküberweisen wolle und ich somit 100,- DM gespart hätte. *Was für ein Vorschlag*, dachte ich. Mir ging es hier einfach nicht ums Geld, sondern um die Zeitersparnis und das gute Gefühl, dass die Wand fachmännisch aufgebaut würde.

Ich blieb bei meinem Wunsch, die Wand möge in den nächsten Tagen aufgebaut oder aber wieder abgeholt werden. Nun ging die Dame in die Offensive und tat alles, damit ihr Arbeitgeber die Wand nicht abholen musste. Von einem Freund, der in der Bestellannahme eines Versandhauses arbeitete, wusste ich, dass auch bei beschädigten oder fehlerhaften Möbeln das Unternehmen alles in die Wege leiten würde, nur um die Ware nicht wieder abholen zu müssen. Das würde nämlich doppelte Transport- und hohe Lagerkosten verursachen. Da bot man dem Kunden lieber einen Preisnachlass an, der immer noch billiger wäre, als eine erneute Abholung, beziehungsweise Lieferung.

Kosten war hier also plötzlich das Zauberwort, die Telefonistin bot mir nämlich an, mir nicht nur die 100,- DM Aufbaukosten zu erstatten, sondern noch einmal den gleichen Betrag, wenn ich die Wand selber aufbauen würde. Das nannte sie dann *eine Entschädigung für den Ärger, den ich mit der Angelegenheit hatte.* Aha, nun war es raus: Man wollte mich bestechen, mit Geld sollte ich geködert und dazu verdammt werden, die Schrankwand selber aufzubauen.

Was für eine verrückte Welt, ich gab dem Kaufhaus Geld, damit man mir die Wand aufbaute, das Kaufhaus bot mir nun wiederum Geld an, damit ich es selber mache. Was soll ich hier noch groß schreiben? Tief im Inneren wollte ich sie ja haben, die Wand, also ließ ich mich auf den Handel ein, bekam 200,- DM zurück und fing gleich nach dem Telefonat damit an, die Kisten auszupacken um meine Schrankteile zu begutachten.

Wie schon einmal kurz angedeutet, IKEA stand damals in Deutschland gerade in den Kinderschuhen und war bei Weitem nicht so bekannt wie heute, inzwischen weiß ich aber, dass die Verpackungstechnik von IKEA weitaus kundenfreundlicher ist, als die von meiner damaligen Schrankwand. Sage und schreibe vier Stunden benötigte ich alleine dafür jedes Brett, jeden Glasboden, jede Schraube und jedes noch so kleine Teilchen aus seiner Verpackung zu befreien. Praktisch alles war in Folie eingeschweißt, in Kartonage verpackt oder mit irgendwelchen Fäden verstrickt. An dieser Stelle fiel mir wieder der Satz ein, den einer der Monteure während der Anlieferung gemacht hatte, dass es gut und gerne zwei bis drei Stunden dauern würde, den Schrank aufzubauen – zu zweit wohlgemerkt.

Nachdem alles aus seinen Verpackungen befreit war, brauchte ich für den Aufbau noch einmal knappe vier Stunden und hatte somit einen ganzen Arbeitstag mit dem Schrank verbracht. Mit dem guten Gefühl 200,- DM gespart zu haben, begann ich noch spät am Abend meinen neuen Schrank einzurichten. Ich gebe es gerne zu: auch heute, 20 Jahre später, steht er noch in meinem Wohnzimmer. Nach drei Umzügen hat er zwar die eine oder andere Macke abbekommen, die sind aber lange nicht so groß wie die Macke, die ich während des Aufbauens erlitten habe.

Sofern auch Sie demnächst planen, sich ein Möbelstück anzuschaffen, achten Sie genau darauf, was man Ihnen erzählt; lassen Sie vielleicht unauffällig ein in Ihrer Tasche verstecktes Diktiergerät mitlaufen, um das Verkaufsgespräch aufzunehmen, vielleicht brauchen Sie ja irgendwann einmal Beweismaterial.

Was lernen wir nun aus der Geschichte? Einfach mal den Mund aufmachen – und zwar sofort. Sagen Sie sofort, was Ihnen nicht passt! Sie sind der Kunde, Sie haben das Geld und das ist es, was der Verkäufer in der Regel haben möchte. Es bringt Ihnen gar nichts, sich diesen Ärger erst beim nächsten Kaffeekränzchen mit Freunden von der Seele zu reden. Ihre Freunde werden natürlich sagen, dass Sie recht hatten und Ihnen eine Geschichte aus dem eigenen Leben schildern. Einen Rabatt können sie Ihnen aber nicht mehr besorgen, deshalb wiederhole ich es gerne: Sagen Sie sofort: *Nein, das möchte ich SO nicht!*

In meinem Fall hat mir meine Reaktion damals 100,-DM Rabatt auf meinen Schrank gebracht. Klar, ich war mit dem Aufbau recht lange beschäftigt, dennoch: rückblickend bin ich froh, nicht das kleine dumme Mäuschen gewesen zu sein.

2. Ein neuer Kleiderschrank

Ich gebe es gerne zu: Viele meiner Möbeleinkäufe waren mit Hindernissen verbunden. Die Erfahrung die ich Ihnen jetzt gerne schildern möchte, stammt noch aus der Zeit, in der ich, wie schon einmal kurz angedeutet, in einer Wohngemeinschaft in Hannover gelebt habe. Damals bestellte ich mir meinen ersten Kleiderschrank, den ich in mehreren Einzelteilen geliefert bekommen sollte. Wenn man das gute Stück dann tatsächlich irgendwann geliefert bekommt, meistens nach sechs langen Wochen Wartezeit, muss man wohl oder übel auch einen Lieferschein unterschreiben mit dem man bestätigt, dass auch alle Teile geliefert wurden. Da man aber nie darüber informiert wird, wie viele Einzelteile einem da ins Haus geflattert kommen und man an die Professionalität des Möbelhauses glaubt, unterschreibt man natürlich auch. Aber genau das ist der Fehler, denn ob wirklich alles geliefert wurde, das merkt man leider erst, wenn man beim Aufbau nicht weiterkommt, weil Teile fehlen.
Alles halb so schlimm denken Sie? Dann lesen Sie selbst!

Ich wohnte also zunächst einmal für ein paar Jahre in einer Wohngemeinschaft, dies war unmittelbar nach meiner Ausbildung zum Konditor, denn von meinem ersten Gehalt in Höhe von 1.200,- DM netto konnte ich mir wirklich keine eigene Wohnung leisten. Ein Zimmer für 300,- DM in einer Wohngemeinschaft kam da gerade richtig. Wenn man dann endlich sein erstes eigenes Geld verdient und das Gefühl von *nun geht's los* hat, will man sich natürlich auch etwas leisten, beziehungsweise seine ersten eigenen Anschaffungen machen. Nicht umsonst heißt es ja: *Zu Hause ist es am Schönsten.*

Irgendwann hatte ich also das Bedürfnis, mir einen neuen Kleiderschrank zu kaufen, denn der alte, der noch aus meinem Jugendzimmer stammte, hatte seine Arbeit nun wirklich getan. Gut, mein Vater hätte gesagt, der sei doch noch top und völlig in Ordnung und ob ich mir später auch ein neues Auto kaufen würde, nur weil der Aschenbecher voll ist – Väter können so verständnisvoll sein.

Da Vater aber weit weg wohnte und nicht mehr sehen konnte, was der Sohnemann ohne seine Aufsicht so trieb, fuhr ich eines Tages ins Möbelhaus PORTA, wo ich vor lauter Auswahl erstmal ganz erschlagen war. Zielstrebig ging ich also sofort in die Schlafzimmerabteilung und sah ihn sofort: meinen neuen Kleiderschrank. Es war sozusagen Liebe auf den ersten Blick. Nebenbei bemerkt: Im Privatleben sollte mir so ein Erlebnis später nie widerfahren, aber das wusste ich damals ja noch nicht. Was aber den Schrank angeht kam ich, sah ich und wollte ihn. Wie riesig er doch war! Ein Prachtstück. Die Oberfläche so glatt, dass es Spaß machte ihn zu berühren und mit den Fingern über ihn zu fahren. Und erst die Farbe! Er war schwarz. So schwarz wie keine Nacht im Sternenhimmel je gewesen war. Ihn wollte ich haben, ihn und keinen anderen. Er bestand aus drei 80-Zentimeter-Elementen, brachte es auf eine stolze Breite von 2,4 Metern und würde somit exakt an die für ihn vorgesehene Wand passen. Hatte der Architekt des Hauses, in dem mein WG-Zimmer war, bei der Planung etwa eine Vorahnung? Es muss so gewesen sein! Und wie hoch er doch war, er brachte es auf 2,2 Meter, ideal für eine Altbauwohnung. Und die Türen erst, es waren natürlich keine Standardtüren, die man einfach mit einem Griff öffnete, nein, auch keine Schiebetüren: Mein neuer Kleiderschrank hatte Falttüren! Wenn man den Griff, der mittig an jeder der Türen war, zu sich heranzog, faltete sich die Tür also in der Mitte zusammen und bewegte sich wie von Zauberhand auf Schienen gleitend zur Seite. Was für ein Gefühl! In Zukunft würde sogar das Öffnen meines Kleiderschranks zu einem Highlight werden.

Einige von Ihnen werden nun sicherlich denken, dass das doch eine ganz normale Technik sei. Nun ja, das mag sein, aber doch noch nicht im Jahr 1987, also vor fast 30 Jahren. Damals war diese Technik so modern wie heutzutage ein Smartphone! Natürlich war auch das Innenleben geradezu beispiellos. Gut, eigentlich war es doch eher stinknormal, der Clou aber war, dass es für die drei Kleiderstangen keine Vorrichtungen an den jeweils linken und rechten Schrankseiten gab, in die man die Stangen hätte einlegen können. Nein, in meinem Schrank war das natürlich anders: hier befanden sich an der Unterseite der unteren Einlegeböden jeweils zwei Metallhaken, in die man die Stangen einlegen musste.

Wie schon erwähnt: Ich war frisch verliebt und wollte hier keine Schwierigkeiten sehen; konnte ich denn ahnen, dass genau diese raffinierte Technik meine prompte Liebe in puren Ärger verwandeln würde? Geblendet vor lauter Vorfreude ging ich mit dem Bestellzettel, der sich praktischerweise an einer der Falttüren in einer Plastikhülle befand, in Richtung Bestellcounter, wo sich auch sofort ein Verkäufer meiner annahm. Ohne mich groß beraten zu müssen, wartete offensichtlich eine schöne Provision auf ihn, da war man gerne behilflich. Der Bestellvorgang selbst ging relativ reibungslos, außer das sich meine Freude etwas schmälerte, als ich hörte, dass die Lieferzeit ganze sechs Wochen betragen sollte. Gut, das musste ich in den kommenden Jahren noch des Öfteren hören, offenbar konnte man hier als Kunde nichts machen. Also blieb mir nichts anderes übrig als alle Formulare brav zu unterschreiben und mich in Warten zu üben. Warten auf einen riesigen Schrank, wo ich noch gar nicht wusste, was ich alles in ihm verstauen sollte, aber da würde sich schon etwas finden.

Da jeder von Ihnen bestimmt schon einmal sechs Wochen auf ein bestelltes Möbelstück warten musste, brauche ich Ihnen nicht zu erzählen, wie schön und auch aufregend diese Zeit sein kann. Wie oft fragt man sich, ob die Lieferzeit vielleicht nur fünf statt der vereinbarten sechs Wochen dauern würde und nach vier Wochen ist jeder Gang zum Postkasten so spannend, als würde man auf die Benachrichtigung der Lottozentrale warten, die einem endlich den Lottogewinn bestätigt. Letztlich wartet man aber nur auf die Post des Möbelhauses mit dem genauen Liefertermin, was aber irgendwie was hat.

Als ich meinen Termin damals endlich bekommen hatte, musste ich nur noch einen Termin beim Sperrmüll vereinbaren, schließlich sollte mein ausgedienter Kleiderschrank ja für immer entsorgt werden. Alles in allem klappte das auch so termingerecht, dass einem nahtlosen Übergang zwischen Abholung meines alten und der Lieferung meines neuen Schranks nichts mehr im Wege stand.

Der Liefertermin für meinen Schrank fiel damals auf einen Freitagmorgen, sodass ich meinen alten Schrank am Abend davor nur ausräumen und für den Sperrmüll noch in derselben Nacht abholbereit vor die Tür stellen musste. Wie ich schon erwähnt hatte, lebte ich zu dieser Zeit in einem WG-Zimmer, das zwar recht großzügig geschnitten, aber eben doch nur mit den üblichen Möbeln ausgestattet war. Neben dem Schrank, der inzwischen abgebaut vor der Haustür stand und von den ersten Mitbürgern auf Mitnahmequalitäten geprüft wurde, hatte ich ein großes Doppelbett, den typischen Hi-Fi-Rolltisch als Fernsehschrank, einen Schreibtisch mit Stuhl, ein Regal und einen großen Sessel in meinem Zimmer stehen. Um meinen Kleiderschrank nun abbauen zu können, musste dieser natürlich erst mal ausgeräumt werden, sodass nun alles, was ich an Kleidungsstücken hatte, überall im Zimmer verteilt war. Damit ich wenigstens meine gebügelten Oberhemden nicht irgendwo übereinandergestapelt hinlegen musste, hatte ich hier vorher mit zwei Küchenstühlen und einem Besenstiel eine provisorische Kleiderstange gebaut, wo ich den größten Teil der auf Kleiderbügel hängenden Hemden aufhängen konnte. Dennoch: Als ich mich umschaute sah mein Zimmer aus, wie das von einem Messi; damals kannte man diesen Begriff zwar noch nicht, aber heute würde man die Unordnung so bezeichnen. Jede freie Stelle in meinem Zimmer war jetzt mit Garderobe vollgestopft. Überall, an jeder Stelle die vorher frei war, verteilten sich nun Shirts, Unterhosen, Socken, Pullover – eben alles, was man als Zwanzigjähriger so hatte, natürlich waren Sommer- und Winterkleidung bunt gemischt, denn als junger Bursche dachte man noch nicht daran, dass man seine Wintergarderobe im Sommer ja auch im Keller verstauen könne.

Da ich sehr ordnungsliebend bin, war es mir natürlich gar nicht angenehm, dass die Lieferanten diese Unordnung nun sehen sollten. Aber gut, ich tröstete mich damit, dass die Monteure in ihrer Laufbahn wohl auch schon Schlimmeres gesehen hatten. Dennoch, mir war der Anblick meines eigenen Zimmers ein Graus, aber ich munterte mich mit dem Gedanken auf, dass mein neuer Schrank in weniger als zwölf Stunden geliefert werden und in vierundzwanzig Stunden fertig aufgebaut in meinem Zimmer stehen würde. Danach käme dann das Schönste, die Belohnung für sechs Wochen langes Warten: das Einräumen!

Für den Morgen der Lieferung, die gegen zehn Uhr erfolgen sollte, stellte ich meinen Wecker auf acht Uhr – nichts wäre nach sechs Wochen Wartezeit schlimmer, als die Türklingel nicht zu hören. Nach dem Aufstehen räumte ich die Sachen, die ja überall in meinem Zimmer verteilt lagen, noch ein wenig hin und her, so sah es für die Möbellieferanten wenigstens nicht ganz so unordentlich aus. Im Grunde ja eine völlig idiotische Idee, was mich auch an meine beste Freundin erinnerte, die vor dem nächsten Einsatz ihrer Putzfrau immer sagte, dass sie noch aufräumen müsse, weil morgen ja die Putzfrau käme – aber gut, so sind wir halt.

Es war 9.45 Uhr … nie werde ich es vergessen. Es klingelte an der Haustür und da wir, obwohl wir im vierten Stock des Hauses wohnten, keine Gegensprechanlage hatten, drückte ich einfach auf den Türöffner. Wer sollte jetzt schon anderes kommen, als meine Möbelpacker? Ich hatte sie jetzt schon lieb, sie sollten mir nun endlich mein schwarzes Prachtstück mit den Faltschiebetüren bringen. Ob sie mich auch lieb hatten, bezweifelte ich jedoch, denn ich wohnte nicht nur im vierten Stock ohne Gegensprechanlage, leider gab es auch keinen Fahrstuhl, dafür aber genau 102 Stufen und ich vermutete, dass bei der Menge der Einzelteile des Schrankes jeder der beiden diese Stufen nun mindestens achtmal schwer beladen hoch- und dann wieder runterlaufen müsste. Mir schien, als würden wir heute nicht die besten Freunde werden, aber gut, ich wollte ja auch nur meinen Schrank.

Bis der erste Möbelpacker meine Wohnung erreicht hatte, dauerte in der Tat eine Weile. Sicherlich hatten die beiden erst mal alle Einzelteile aus dem Lieferwagen in den Hausflur gestellt, den Wagen umgeparkt, um dann alles der Reihe nach hochtragen zu können.

Dann war es soweit: Durch sein Schnaufen hörte ich den ersten Möbelpacker bereits seit Erreichen der dritten Etage und plötzlich sah ich auch das erste Teil meines neuen Schrankes, den Möbelpacker geschickt dahinter versteckt. Um ihm ein Gefühl meiner Freude zu vermitteln, begrüßte ich ihn mit einem freudigen *Hallo* und *Guten Tag*. Er dagegen stellte das Schrankteil, es muss die rechte oder linke Außenwand gewesen sein, erst einmal schnaubend ab. Dann sah ich es zum ersten Mal ein doch recht genervtes und völlig verschwitztes Gesicht. Klar, ein gewisses Maß an schlechtem Gewissen hatte ich schon, aber das musste ich mir ja nun nicht gleich anmerken lassen. Nachdem auch er mir einen guten Morgen gewünscht und sich vorgestellt hatte, erkundigte er sich noch, wo die Teile denn nun abgestellt werden sollten, worauf ich ihm zu verstehen gab, dass er die gesamte Flurfläche in der Wohnung nutzen könne, aber auch den Flur vor der Wohnung, schließlich wollte ich den Schrank, zusammen mit einem Freund der gegen elf Uhr kommen wollte, ja gleich zusammenbauen.

Inzwischen erreichte auch sein Kollege leicht abgekämpft den vierten Stock und auch er gab mir durch einen nicht zu verkennenden Blick zu verstehen, was er von 102 Stufen am Morgen hielt.

Gut, dachte ich, wenn die beiden schon jetzt so schauen, wie wird der Gesichtsausdruck erst nach der kompletten Lieferung sein? Egal, ich erfreute mich meines Lebens und mit der Zeit gelangten immer mehr Einzelteile ihr Ziel im vierten Stock.

Und dann war es so weit, einer der Möbelpacker sagte, dass das alles wäre und bat um eine Unterschrift, mit der ich bestätigen sollte, dass alle Teile geliefert wurden. Nun ja, da mir beim Kauf niemand gesagt hatte, wie viele Teile ich geliefert bekommen würde, wusste ich natürlich auch nicht, wie viele Teile jetzt in meinem Flur stehen müssten. Eine Kontrolle war also überflüssig. Also unterschrieb ich überall dort, wo bereits ein kleines Kreuz vorbereitet war, bekam meine Durchschläge und schon war der Lieferant auch wieder weg. Von dem zweiten war schon lange keine Spur mehr zu sehen gewesen, wahrscheinlich saß er längst im Lkw, verfluchte mich und seinen Job und streckte alle viere von sich.

Unmittelbar nach der Lieferung erschien auch schon mein damals bester Freund, der mir beim Aufbau helfen wollte, glücklicherweise hatte er auch das nötige Werkzeug dabei, sodass einem zügigen Aufbau nichts mehr im Wege stand.

Und tatsächlich: auch wenn sich die Montage zu zweit hier und da als etwas schwierig gestaltete, denn die hohen Einzelteile mussten wirklich gebändigt werden, ging der Aufbau zügig voran. Schnell stand der Korpus aus Seiten- und Hinterwänden, das Oberteil bereitete keine Schwierigkeiten und auch die doch schweren Falttüren ließen sich relativ problemlos montieren. Herrlich – nach gut zweieinhalb Stunden war der Schrank fertig aufgebaut; nun mussten nur noch die Einlegeböden an ihren Platz, an die unteren Böden die Kleiderstangen eingehängt werden und fertig. Dann konnte ich ihn einräumen und mein Zimmer sähe wieder bewohnbar aus.

Doch plötzlich zogen sich über meiner guten Laune dunkle Gewitterwolken zusammen: Ich sah zwar die drei Kleiderstangen, doch wo bitteschön waren die Einlegeböden? Nein! Das konnte und durfte nicht wahr sein. Von den insgesamt sechs Einlegeböden gab es keine Spur. Vier Augen konnten sich doch nicht irren. Wie zwei Verrückte suchten wir alles noch einmal genau ab, aber es gab sie nicht, offenbar wurden die sechs Bretter nicht mitgeliefert und ich konnte den Schrank nicht einräumen. Nicht einmal die Kleiderstangen konnte ich montieren, weil die Halterungen dafür an die Unterseite der unteren Böden geschraubt werden mussten. So langsam wuchs die Verzweiflung in mir, mein neuer Schrank war zwar aufgebaut, einräumen konnte ich ihn aber nicht.

Schnell kam mir die Idee, sofort das Möbelhaus anzurufen, denn die fehlenden Böden müssten am Ende des Tages ja wieder im Lieferwagen auftauchen. Wer sich jetzt fragt, warum ich nicht gleich versucht habe die beiden Lieferanten im Lkw über Handy zu erreichen, den erinnere ich gerne daran, dass es um das Jahr 1988 gewesen ist, Handys waren damals noch eine Rarität und so groß wie ein Karton für Damenstiefel. Der Anruf im Möbelhaus verlief jedoch nicht zufriedenstellend, denn statt der Nummer des Möbelhauses vor Ort, erreichte man nur eine bundesweite Hotline und die Dame im Callcenter konnte mir nicht weiterhelfen.

Okay, sich zu ärgern half nun überhaupt nichts, es war wie es war, und ich war jung und agil. Kurz entschlossen fuhr ich in das 15 Kilometer entfernte Möbelhaus und wollte dieses auch nicht ohne meine sechs Bretter verlassen.

Im Möbelhaus angekommen, führte mich mein Weg sofort in die entsprechende Abteilung, die ich das letzte Mal vor sechs Wochen gesehen hatte. Und obwohl ich erst einmal dort gewesen bin, kam mir irgendwie alles vertraut vor. Als ich den Schreibtisch, an dem ich den Kleiderschrank damals bestellt hatte, erreichte, schilderte ich einer Mitarbeiterin mein Problem und wollte wissen, wie man dieses denn nun lösen könne. Ihr Engagement konnte man nicht gerade als euphorisch bezeichnen, klar, schließlich bestellte ich ja nichts Neues, sondern kam mit einem Problem. Dennoch: Brav schaute sie in ihrem Computer, ob es meine Bretter eventuell auch auf Lager geben würde – was natürlich nicht der Fall war. Es sah so aus, als würden meine Sterne nicht gutstehen, deshalb fragte ich auch, was denn nun zu tun sei, worauf sie eher trocken als mit einem Bedauern antwortete, dass man die Bretter nun bestellen müsse.

Hörte ich richtig? Sagte sie gerade *bestellen*? Sicherlich etwas naiv wagte ich zu fragen, wie lange das denn wiederum dauern würde. Nun, die Antwort lag eigentlich auf der Hand: die Wartezeit betrug natürlich auch hier sechs lange Wochen!

In diesem Moment wusste ich gar nicht, worüber ich mich mehr ärgern sollte: über die fehlenden Bretter oder über die dreiste Antwort, dass ich noch einmal sechs Wochen warten solle. Eigentlich musste ich dieser Frau nun keinen Rechenschaftsbericht abgeben, dennoch schilderte ich ihr meine Situation mit dem WG-Zimmer und dass man wirklich nicht verlangen könne, dass ich nun sechs Wochen in solch einem Durcheinander wohne. Außerdem wäre dies ja nicht mein Fehler gewesen, außerdem dürfte ich ja wohl auch ein wenig mehr Entgegenkommen erwarten. Inzwischen leicht genervt erklärte Sie mir nun wiederum, dass es auch nicht ihr Fehler sei und sie mir nur anbieten könne, die Bretter erneut zu bestellen.

Mit den Worten *Danke für ihre Hilfe* ließ ich sie an ihrem Schreibtisch sitzen und machte mich auf den Weg zur Möbelausstellung, in der ich meinen Schrank vor sechs Wochen ja auch gefunden hatte, voller Hoffnung, dass er dort noch stehen würde. Und da stand er auch, in seiner vollen Pracht, so wie er auch gerade in meinem Zimmer stehen sollte. Ich schob die drei Falttüren auf und sah das, was ich sehen wollte: insgesamt sechs wundervolle Einlegeböden, inklusive der Halterungen für die Kleiderstangen an den unteren Böden. In diesem Moment war mir klar, dass ich das Möbelhaus an diesem Tag nicht ohne diese Bretter verlassen würde.

Frisch gestärkt ging ich zu der Mitarbeiterin am Schreibtisch zurück und erklärte ihr, dass ich nicht gewillt sei, noch einmal sechs Wochen auf die neuen Bretter zu warten, ich aber bereit wäre, die gebrauchten Bretter aus dem Ausstellungsschrank zu nehmen. Sie merken schon, ich versuchte es ihr so zu verkaufen, dass ich ja gar keine neuen Bretter wolle, sondern mich schon mit den alten aus dem Ausstellungsschrank zufriedengeben würde, die nach dem Abbau wahrscheinlich ohnehin auf dem Müll landen würden. Nun ... diese Rechnung hatte ich ohne die Mitarbeiterin gemacht, denn davon hielt sie gar nichts, schließlich könne man den Ausstellungsschrank nicht sechs Wochen ohne Innenleben lassen, weil sich neue Kunden so ja gar nicht von den Vorteilen des Schrankes überzeugen könnten.

Inzwischen gesellte sich auch ein weiterer Mitarbeiter zu uns, der die ganze Situation eine Weile aus der Ferne beobachtete und nun wissen wollte, was denn eigentlich los sei.

Jetzt schien ich den Kampf endgültig verloren zu haben, es stand also zwei gegen einen; ein kleiner Kunde, gegenüber zwei mächtigen Mitarbeitern des Möbelhauses. Ich sah meine Felle davonschwimmen und mein WG-Zimmer sechs Wochen im Chaos versinken.

Die Frau schilderte ihrem Kollegen kurz die Sachlage und auch ich erklärte ihm meine Situation. Davon ausgehend, dass der Mann, der in der Hierarchie offensichtlich höher stand, seiner Kollegin nicht in den Rücken fallen würde, stellte ich mich schon mal darauf ein, dass ich gleich einen neuen Bestellschein über sechs Einlegeböden für einen Kleiderschrank unterschreiben würde und im Gesicht der Frau so etwas ablesen müsste wie: *Sehen Sie, das habe ich doch gleich gesagt!* Stattdessen hörte ich jedoch den Mann sagen, dass ich ihm den Schrank einmal zeigen solle, worauf wir uns beide zum Corpus Delicti begaben. Mr. Ich-habe-die-Macht-und-treffe-die-Entscheidungen öffnete alle drei Türen, schaute sich alles an und gab mir zu verstehen, dass ich kurz warten solle.

Nach gefühlten drei Stunden, die sicherlich nur fünf Minuten waren, in denen ich mir aber meine zukünftigen sechs Wochen als Messi vorstellte, kam der Mitarbeiter zurück. Und was schob er da vor sich her? Ich sah einen Transportwagen für Kleinmöbel. Und bevor ich begriff wie mir geschah machte er sich an die Arbeit, holte alle sechs Böden aus dem Schrank und deponierte diese auf dem Rollwagen. Dann sah er mich an, lächelte und entschuldigte sich für den Lieferfehler vom Vormittag. Danach begleitete er mich zu meinem Fahrzeug, half die Bretter zu verstauen und nahm den Rollwagen wieder an sich. Ich dagegen konnte mein Glück kaum fassen, bedankte mich ebenfalls und all mein Ärger war wie weggeblasen.

Ich glaube jeder, der eine ähnliche Situation erlebt hat, kann sich nur zu gut vorstellen, wie glücklich ich mich fühlte. Statt sechs Wochen im reinen Chaos leben zu müssen, waren es nun keine sechs Stunden mehr, bis mein Schrank fertig eingeräumt sein sollte.

Die Fahrt nach Hause war herrlich, ich drehte die Musik auf und daheim angekommen ging nun alles wie von alleine. Die Bretter passten wie angegossen und auch die Kleiderstangen schmiegten sich in die dafür vorgesehenen Halterungen. Es war vollbracht, mein neuer Schrank stand, war eingerichtet und ich konnte mich gar nicht satt genug an ihm sehen.

Liebe Leserin, lieber Leser, auch hier zeigte sich für mich, dass man sich als Kunde nicht alles gefallen lassen sollte. Geben Sie bitte nicht sofort klein bei, diskutieren Sie sachlich und stellen Sie ruhig auch Forderungen. Oder hätten Sie, wie in meinem Fall, gerne sechs Wochen mit einem Schrank ohne Einlegeböden verbracht? Na klar, das kann man im Notfall, man muss es aber nicht. Deshalb: Lassen Sie sich niemals auf Angebote ein, die Ihnen gravierende Nachteile bringen.

In meinem Fall war es ein Leichtes mir die Böden aus dem Ausstellungsschrank zu geben, nur war dies für eine Mitarbeiterin offenbar unmöglich, für einen anderen hingegen eine Leichtigkeit.

Der Schrank von damals hatte übrigens nach circa zehn Jahren ausgedient, zu meinem 30. Geburtstag gönnte ich mir einen Neuen, die Lieferung klappte reibungslos.

3. Die Macht der Autohäuser

Diejenigen unter Ihnen, die schon einmal ein Auto geleast haben, wissen natürlich, dass irgendwann einmal der Zeitpunkt kommt, an dem der Leasingvertrag ausläuft und man eine Entscheidung zwischen drei Möglichkeiten treffen muss: Gibt man das Fahrzeug termingerecht zurück und hofft darauf, dass man die vereinbarte Kilometerlaufleistung nicht allzu sehr überschritten hat und einen keine hohe Nachzahlung erwartet, verlängert man den Vertrag oder kauft man das Fahrzeug für den Restwert ab, um es dann weiterzufahren oder aber für einen besseren Preis weiterzuverkaufen?

Was mich angeht, so leaste ich bei meinem Autohaus innerhalb von sechs Jahren inzwischen den zweiten A3, dessen Vertrag in vier Monaten auslaufen sollte. Bei beiden Modellen hatte ich die gleichen Bedingungen und zahlte für einen 36-Monatsvertrag eine Anzahlung in Höhe von jeweils 5.000,- €. Als jährliche Laufleistung wurden 30.000 Kilometern fixiert und die monatliche Leasingrate betrug inkl. MwSt. 279,- €. Soweit also alles ganz normal.

Da mein Vertrag zum 18. Februar enden sollte, vereinbarte ich mit meinem Autohaus schon im November einen Termin für Mitte Dezember, um in aller Ruhe über die Möglichkeiten zu sprechen.

Der genaue Termin im Autohaus war an einem Montagmorgen um elf Uhr. Da ich in unmittelbarer Nähe wohnte ging ich zu

Fuß und war fünf vor elf da. Als ich das Autohaus betrat, das ich seit diesem Tag nur noch als die *Heiligen Hallen* bezeichne, kam mir der Verkäufer, der für mich zuständig war, mit einem anderen Herrn entgegen und ließ mich wissen, ich solle schon mal an seinem Schreibtisch Platz nehmen, denn er hätte noch einen anderen Kunden bekommen.

Aha, ein Blick zur Uhr verriet mir aber, dass es kurz vor elf war und nun eigentlich ich einen Termin bei ihm hatte. Aber das passte wieder einmal zu meinen Erfahrungen, die ich in den vergangenen sechs Jahren in dem Autohaus sammeln durfte. Schon beim Leasen meines ersten Wagens in diesem Haus erklärten mich Freunde für verrückt, denn es war nicht gerade als kundenfreundlich bekannt, ganz im Gegenteil: man wurde mitunter doch eher hochnäsig und herablassend bedient. Dass ich an diesem Montag herablassend bedient wurde, kann ich nicht sagen, ich wurde an diesem Tag nämlich gar nicht bedient.

Nachdem man mich sage und schreibe 30 Minuten hatte sitzen lassen und mir noch nicht mal eine Tasse Kaffee angeboten wurde, beschloss ich kurzerhand und auch etwas verärgert, wieder nach Hause zu gehen. Den leeren Schreibtisch des Verkäufers hatte ich nun schließlich lange genug angestarrt. Auf dem Weg nach Hause vermutete ich aber, dass sich das Autohaus sicherlich gleich telefonisch bei mir melden würde.

An dem besagten Montag wurde meine Vermutung jedoch nicht mehr erfüllt, auch nicht am darauffolgenden Dienstag. Am Mittwoch jedoch sollte es zu einem Telefonat zwischen dem Verkäufer und mir kommen.

Nur zur Information: Sie denken doch wohl nicht, dass das Autohaus mich an diesem Tag angerufen hat? Nein, nein, ich war es schon selber, der den Kontakt suchte und brav und devot in dem Autohaus anrief, das binnen sechs Jahren einen Umsatz von 50.000,- € mit mir gemacht hatte. Was nun folgte war eine Reihe von Unverschämtheiten und Frechheiten. Unglaublich, was mir der Verkäufer während des Telefonats alles um die Ohren haute. Am liebsten hätte ich das auf Tonband aufgenommen und meistbietend an einen Fernsehsender verkauft, leider hatte ich zu dieser Zeit kein Tonbandgerät parat.

Um meinem Ärger Luft zu machen, entschied ich mich einen Beschwerdebrief zu verfassen, schicken wollte ich diesen aber nicht an die Geschäftsführung des Autohauses, nein, der Brief sollte direkt an Audi gehen. Also schrieb ich an die Audi-Leasing höchstpersönlich, nicht ahnend, dass dieser Brief bei Volkswagen auf dem Schreibtisch landen sollte, dem großen Mutterkonzern der Audi AG!

Lesen Sie nun selbst den Brief und die Reaktion darauf – man könnte das Kapitel auch *David gegen Goliath* nennen:

Sehr geehrte Damen und Herren,
ich vermute mal, dass Sie Ihre sicheren, schönen, sparsamen und vor allem sportlichen Fahrzeuge herstellen, um diese dann auch an Kunden weiterzuverkaufen. Heute möchte ich Ihnen ein Erlebnis aus der Praxis mitteilen, das zur Folge hat, dass Ihre Pläne leider nicht erfüllt werden können, denn als Kunde wird man in Ihren Vertragshäusern arrogant und herablassend bedient.

Seit nunmehr sechs Jahren bin ich Kunde im Autohaus Fleischbauer in Köln und habe in dieser Zeit zwei Audi A3 geleast. Unabhängig davon, dass mich schon damals Freunde für verrückt erklärt haben, bei Fleischbauer Kunde werden zu wollen, habe auch ich nun Grund genug, ab Februar nie wieder ein Fahrzeug Ihres Konzerns zu erwerben.

Aber der Reihe nach :

Mein Leasingvertrag läuft Mitte Februar 2006 aus. Gerne hätte ich diesen um ein weiteres Jahr verlängert, worüber ich telefonisch auch schon mit einem Ihrer Mitarbeiter gesprochen habe. Um das Prozedere auch mit dem Autohaus Fleischbauer zu besprechen, hatte ich mit dem zuständigen Verkäufer für Mitte Dezember, gegen elf Uhr, einen Termin vereinbart.

Als ich pünktlich die heiligen Hallen betrat, kam mir der Herr entgegen und teilte mir mit, dass ein Kunde dazwischengekommen sei, er sich aber beeilen und gleich wieder da sein würde. Nun gut, dachte ich, man hätte mich ja auch kurz anrufen können, um mich zu bitten später zu kommen, aber so nahm ich erst einmal Platz und wartete.

Um es abzukürzen: Ich wartete 25 Minuten und habe das Autohaus Fleischbauer dann wütend und verärgert verlassen. Während meiner Wartezeit hatte ich vor lauter Langeweile die Gelegenheit, den Schreibtisch des Herrn zu begutachten, somit auch seinen offenen Kalender. Dort stand zu meiner Verwunderung für die ganze Woche kein einziger Termin drin, außer der am Montag um elf Uhr mit mir. Auch die Telefonnummer von mir war vermerkt, angerufen hat mich aber leider niemand – da ich in der Nähe wohne, wäre es also kein Problem gewesen mir mitzuteilen, dass ich 30 Minuten später kommen solle.

Meine Verärgerung sollte sich dann aber noch steigern, denn eigentlich hatte ich erwartet, dass man mich anrufen würde, um sich zu entschuldigen, dass es doch länger gedauert hat, und einen neuen Termin zu vereinbaren. Inzwischen weiß ich, dass dieser Gedanke ziemlich naiv gewesen ist.

Nachdem sich zwei Tage niemand bei mir gemeldet hatte, ergriff ich am Mittwoch die Initiative und habe das geniale Autohaus, das sogar ein Callcenter beauftragt Kunden nach Reparaturen anzurufen, um die Kundenzufriedenheit zu checken, selbst angerufen, um zu erfragen, was denn aus unserem Termin geworden sei. Schade, dass ich dieses Gespräch nicht aufgezeichnet habe, TV-Redaktionen reißen sich um solche Sachen, denn in einem patzigen Ton musste ich mir nun sagen lassen, dass ich ja nicht mehr dagewesen wäre.

Ja richtig, nachdem ich fast 30 Minuten vor seinem Schreibtisch saß und mir nicht einmal eine olle Tasse Filterkaffee angeboten wurde, bin ich dann einfach nach Hause gegangen. Außerdem bekam ich zu hören, dass der Herr danach einmal versucht hätte mich telefonisch zu erreichen und ich somit auf meinem Telefondisplay hätte sehen können, wer angerufen hat. Bravo! Ganz toller Kundenservice! Hat der putzige Herr nun auch noch hellseherische Fähigkeiten?

Zunächst einmal; auf meinem Display kann ich leider **nicht** sehen, wer angerufen hat. Außerdem: Warum hinterlässt er mir dann keine Nachricht auf dem Anrufbeantworter und bittet um Rückruf? Diese Frage beantwortete er damit, dass er grundsätzlich nicht auf Anrufbeantworter sprechen würde. Daraufhin habe ich ihm gesagt, dass ich grundsätzlich keine 30 Minuten auf einen Autoverkäufer warten würde, wenn ich einen Termin habe. Daraufhin bekam ich die rotzfreche Antwort, die ich gerne auf Tonband hätte: *Das ist wie beim Arztbesuch, da müssen Sie auch warten!* Diese Antwort empfinde ich als bodenlose Frechheit, arrogant und völlig unangebracht. Wie man den Medien entnehmen kann, ging es der Automobilbranche schon mal besser und da erlaubt man sich, auf solch eine Weise mit den Kunden umzugehen?

Eigentlich ist es völlig egal, aber leider kann ich es mir nicht verkneifen: Gehe ich zum Arzt, werde ich von einer freundlichen Mitarbeiterin sofort ins Sprechzimmer gebeten und komme ohne Wartezeit an die Reihe – das Zauberwort ist hier ganz einfach: Ich bin Kunde und ich **zahle**! Und wenn ich zahle, bezahle ich indirekt auch das Gehalt der Sprechstundengehilfin!

Der Verkäufer hat mir damals mitgeteilt, dass einer seiner Kollegen erkrankt sei und er von diesem einen Termin um 10.45 Uhr übernehmen musste. Damit wir uns nicht falsch verstehen: dafür habe ich vollstes Verständnis, so etwas kann immer passieren, aber ich erwarte schon, dass ich dann angerufen werde, um den Termin zu verschieben. Mir ist aber auch klar, dass auch hier etwas dazwischen kommen kann oder man im Eifer des Gefechts etwas vergisst. Ärgerlich bin ich darüber, dass man mich als Kunden frech und arrogant von oben herab behandelt und nicht wegen eines neuen Termins kontaktiert, stattdessen noch schlaue Sprüche klopft.

Ich hoffe dem Herrn ist bewusst, dass es auch Ärzte gibt, die auf Patienten warten müssen. Sofern aber wegen schlechter Behandlung zu wenig Patienten kommen, wird wegen Arbeitsmangel auch schon mal eine Arzthelferin entlassen, weil die dann einfach nicht mehr benötigt wird. Nun, dieser Kreislauf ist dem Herrn wohl noch nicht bekannt.

Um zum Schluss zu kommen: Was mich betrifft, ich hätte das Leasing gerne ohne das Autohaus Fleischbauer mit Ihnen für ein Jahr verlängert. Da das aber wohl nicht möglich ist, werden sich unsere Wege ab Mitte Februar für immer trennen. Da ich mir in der Vergangenheit alle drei Jahre ein neues Fahrzeug im Wert von ca. 35.000,- € zugelegt habe (inkl. aller Inspektionen und Reparaturen), werden das bis zu meinem 65. Geburtstag wohl noch etwa acht Stück sein – das entspricht in etwa 300.000,- €. Gehen Sie einfach davon aus, dass ich diese nicht mehr bei Ihrem Konzern ausgebe – **Autohaus Fleischbauer sei Dank!**

Dies habe ich übrigens auch schon der Geschäftsleitung des Autohauses mitgeteilt und was ist passiert? Nichts! Offenbar geht es der Autobranche wieder sehr gut, das freut mich sehr!

Bezüglich einer neuen Autofinanzierung hatte ich auch mit meiner Bank gesprochen und den Namen Fleischbauer bei meiner Sachbearbeiterin fallen lassen. Sie glauben nicht was passiert ist! Diese wollte sich ebenfalls in besagtem Autohaus einen SEAT zulegen. Der Verkäufer, der offenbar ein VW-Verkäufer war und für einen erkrankten SEAT-Mitarbeiter einsprang, war davon offenbar nicht begeistert und wenig motiviert. Als die Dame tagelang vergeblich auf einen Rückruf zwecks Angebot gewartet hatte, entschied sie sich für einen Opel. Dort wird sie inzwischen zuvorkommend behandelt.

Schade eigentlich. Mit Ihren Autos, inkl. der Technik, den Sicherheitssystemen usw., war ich in den letzten sechs Jahren immer sehr zufrieden, aber dieser Verkäufer sorgt nun dafür, dass sich unsere Wege schon vor dem verflixten siebten Jahr trennen.

Dennoch: Ihrem Unternehmen wünsche ich weiterhin viel Erfolg mit Ihren Marketingkampagnen, die guten Service propagieren!

Peter Granzow

Rückblickend betrachtet gebe ich zu, dass der Brief recht lang war. Im Original waren es allerdings nur vier DIN-A-4-Seiten. Dennoch, auch heute, gut acht Jahre später, stehe ich zu jedem einzelnen Wort, das ich dem Konzern geschrieben habe. Muss man sich so etwas bieten, beziehungsweise sagen lassen? Ich erinnere gerne daran, dass es hier nicht um den Kauf eines Vollkornbrötchens für 65 Cent ging. Ich hatte dem Autohaus binnen sechs Jahren einen Umsatz von über 50.000,- € beschert und erkundigen Sie sich mal bitte, wie sich ein Verkäufer die Hände reibt, wenn er hört, dass Sie leasen und nicht bar bezahlen wollen. Bei einer Barzahlung wären Sie eventuell noch so dreist einen Rabatt rauszuschlagen, beim Leasing sieht das hingegen ganz anders aus, da bekommt der Verkäufer, sofern er nicht ganz dröge ist, sogar eine Provision von der konzerneigenen Leasingbank. Als es der Autobranche mal so richtig schlecht ging, verdiente ein Konzern übrigens mehr Geld mit der eigenen Bank, als durch den Verkauf von Autos. In Wirtschaftsteilen der Zeitungen konnte man ironischerweise auch lesen, dass dieser Konzern inzwischen eine Großbank sei, die nebenbei Autos verkaufen würde.

Bezüglich der Länge meines Briefes merke ich gerne an, dass meine Freunde, denen ich meine Erfahrungen natürlich immer sofort live berichte, oft der Meinung sind, ich hätte einfach zu viel Zeit, um solche Briefe zu schreiben. Das mag wohl sein, ich gehe aber davon aus, dass ich mir diese auch nehmen würde, wenn ich sie nicht hätte. Und sich Zeit zu nehmen kann sich manchmal auch lohnen, denn noch habe ich Ihnen ja nicht die Reaktion auf meinen Brief geschildert, allerdings meldete sich auch nicht die Audi AG bei mir, sondern gleich der Mutterkonzern höchstpersönlich: Volkswagen! Nicht per Brief, sondern telefonisch.

Bevor ich Ihnen die Reaktion von Volkswagen schildere, muss ich vorher noch anmerken, dass ich zwar, wie schon erwähnt, den Beruf des Konditors erlernt und danach auch als Geselle gearbeitet hatte, nach 18 Monaten aber durch einen gewaltigen Zufall meine Tätigkeit als Moderator aufnahm ... wie man vom Konditor zum Moderator wird, das erzähle ich Ihnen gerne ein anderes Mal, aber das lief sicherlich über die gleichen Umwege, wie Heino vom Bäcker zum Schlagersänger, Stefan Raab vom Metzger zum Moderator und TV-Produzent oder Hansi Hinterseer vom Skifahrer zum Sänger wurde. Dem Beruf des Moderators gehe ich übrigens auch heute noch nach und in den vergangenen 27 Jahren wurde ich u. a. auch vom Volkswagenkonzern als Moderator engagiert; an über 100 Tagen, größtenteils für Messen, aber auch für Roadshows oder Tagungen. Dadurch wird der Umstand, dass ich der Audi AG solch einen brisanten Beschwerdebrief geschickt habe, schon etwas delikater. Schließlich hatte ich angedeutet, dass ich bis zu meinem 65. Lebensjahr kein Auto mehr aus dem Konzern kaufen wolle. Heidewitzka, sollte sich mein vorlauter Brief nun rächen? Wenn ich kein Auto mehr vom Volkswagenkonzern kaufen wollte, warum sollte mich dieser dann noch als Moderator engagieren? Tja Herr Granzow, da waren wir wohl etwas vorlaut.

Nun, es passierte was passieren musste. Wie schon erwähnt klingelte eines Tages das Telefon, am anderen Ende war ein Mitarbeiter der Volkswagen Leasing Bank höchstpersönlich. Ich meldete mich zunächst nichts ahnend brav mit meinem Namen und mein Gesprächspartner stellte sich ebenfalls vor. Der Name sagte mir zunächst nichts, doch als ich den Zusatz *Volkswagen* hörte, dachte ich als Erstes an ein neues Engagement für VW, diese Hoffnung löste sich aber sofort in Luft auf, denn der Herr nannte auch gleich den Grund seines Anrufes: meinen Beschwerdebrief!

In diesem Moment wünschte ich mir, diesen nie geschrieben zu haben, und obwohl ich mich im Recht fühlte, bereute ich meine vorlaute Klappe sofort. Dies schien nun der Kampf zwischen David und Goliath zu werden. Der kleine unbekannte Moderator Peter Granzow gegen einen der größten Autokonzerne der Welt. Mein Untergang war vorprogrammiert. Die Titanic galt als unsinkbar und sank dennoch, ich galt als starker und wortgewandter Moderator, den so schnell nichts umhaute, doch nun war ich binnen Sekunden bereit für den K.-o.-Schlag.

Mein Gesprächspartner merkte offenbar, dass ich etwas verwirrt war, und stellte sich noch einmal nur mit seinem Vornamen bei mir vor – Lutz – und ergänzte, dass wir uns auch persönlich von mehreren Messen kennen würden und uns auch in Hannover schon mal in einem Klub über den Weg gelaufen seien. Noch wusste ich nicht, ob dies nun ein gutes oder eher ein schlechtes Zeichen war, aber sollte mein Eisberg, der schon die Titanic zum Sinken gebracht hatte, plötzlich vor meinen Ohren dahinschmelzen? Ich sagte, dass ich mich erinnern und freuen würde, dass er anruft – natürlich stimmte beides nicht, weder konnte ich mich an ein Gesicht erinnern, das zu einem Lutz passte, noch freute ich mich über einen Anruf, von dem ich noch gar nicht wusste, was er am Ende bringen würde.

Nun ging Lutz endlich in die Offensive und gab mir zu verstehen, dass es ihm ein Bedürfnis war, mich persönlich anzurufen, denn seinen Erzählungen nach bekam er regelmäßig Beschwerdebriefe und musste sich um diese kümmern. Wie er mir berichtete, stach nun ausgerechnet meine Beschwerde positiv hervor. Der Grund war ganz einfach und auch einleuchtend: Lutz erzählte mir, dass er in all den Jahren keine Beschwerde bekommen hatte, die einerseits so sachlich, andererseits aber auch so lustig beziehungsweise ironisch war. Seiner Meinung nach war aber wohl das Wichtigste, dass ich keinerlei Forderungen gestellt hatte. Und das war der Punkt: Offenbar stellten andere Kunden ganz klare Forderungen darüber, was sie nun als Entschädigung erwarten würden.

Nicht nur, dass ich in diesem Moment wieder die Möglichkeit eines neuen Engagements für Volkswagen sah, es sollte tatsächlich noch besser kommen. Ich muss hinzufügen, dass ich die Beschwerde damals auf meinem Geschäftspapier geschrieben hatte, das oben links ein Porträt von mir zeigt; so brachte ich mich meinen Geschäftspartnern auch optisch immer wieder in Erinnerung, was als Moderator nicht unwichtig ist. Auch in diesem Fall sollte sich dieses Papier als positiv herausstellen.

Nicht nur, dass Lutz mich dadurch sofort erkannte, wie er mir im weiteren Gespräch mitteilte, er hatte meinen Brief auch seinen vier Kolleginnen im Büro gezeigt und alle hatten einstimmig beschlossen, dass man mir als Entschädigung für den ganzen Ärger 200,- € überweisen wolle!

Nun war ich platt – was für eine Achterbahn der Gefühle: Vor wenigen Sekunden dachte ich noch, dass Goliath mich zerfleischen würde – und nun? Nun war er auf Kuschelkurs und Wiedergutmachung aus. Und tatsächlich: nach wenigen Tagen hatte ich 200,- € auf meinem Konto!

Lutz und ich telefonierten danach noch ein wenig, natürlich bedankte ich mich anständig und auch heute sehen wir uns noch regelmäßig auf Veranstaltungen oder mal in einem Klub.

Auch der Geschäftsführer des besagten Autohauses meldete sich Tage später bei mir und bat um ein persönliches Gespräch. Da bei fast allem, was ich ihm erzählte, der Einwand kam, dass der Mitarbeiter, um den es ja letztlich ging, das aber ganz anders erzählt hatte, machte für mich ein Vieraugengespräch keinen Sinn mehr und bat darum, dass der Kollege doch bitte am Gespräch teilnehmen solle, was vom Geschäftsführer aber abgelehnt wurde. Ergänzend bekam ich noch den Hinweis, dass es halt ein junger Kollege sei, der sich noch die Hörner abstoßen müsse.

Meinen Leasingvertrag habe ich danach übrigens fristgerecht beendet, das Autohaus wurde jedoch nie wieder von mir betreten, ich kann Ihnen also nicht sagen, ob sich der junge Verkäufer, der inzwischen auch acht Jahre älter geworden ist, seine Hörner mittlerweile abgestoßen hat. Ich dagegen habe ein neues Autohaus gefunden, meinen Leasing-Rhythmus von drei Jahren beibehalten und fahre inzwischen den dritten Neuwagen – mein neues Autohaus hat in dieser Zeit einen Umsatz von über 50.000,- € mit mir gemacht.

Wie Sie lesen konnten, habe ich also auch hier eine nette Entschädigung bekommen und das, obwohl ich nie darum gebeten hatte. Fakt ist also: Man muss sich nicht alles bieten lassen und wenn man seinen Unmut sachlich aber nett und eventuell mit ein wenig Humor äußert, bekommt man unerwartet eine Entschädigung.

Wie war noch mein neues Motto? *Ich meckere nicht, ich mache Unternehmensberatung – kostenlos!*

4. Schlaflose Hotelnächte

Wie heißt es doch so schön? Wenn einer eine Reise tut, dann kann er was erleben. Manchmal erlebt man aber Dinge, die möchte man aber gar nicht erleben. Mir ist auch klar, dass Geschmäcker verschieden sind, dennoch: ich persönlich mag morgens um zehn keine fremde Frau mit Kittelschürze und einem Putzlappen in der Hand vor meinem Hotelbett. Auch lasse ich mich von einem Zimmermädchen nur ungern zurechtweisen. Aber offenbar zählt in manchen Hotels eben doch das alte Sprichwort der DDR: *Der Kunde ist König und der Kellner der Kaiser!*

Bevor ich von meinen unfreiwillig schlaflosen Nächten in einer Hotelkette berichte, sollten Sie vorher noch wissen, dass ich beruflich viel unterwegs bin und pro Jahr schon mal bis zu 100 Nächte im Hotel schlafe. Klar, zu Beginn war das alles toll: man kommt in ein gemachtes Zimmer, alles ist aufgeräumt, meistens auch sauber; hat man einen Wunsch, braucht man ihn nur zu äußern und, je nachdem wie viele Sterne das Haus hat, wird der Wunsch auch meistens umgehend erfüllt. Morgens ist dann die Frühstückstafel gedeckt und kommt man nachmittags oder am Abend wieder ins Hotel zurück, ist das Bett gemacht und auch das Badezimmer wieder gereinigt – und das jeden Tag. Mal ehrlich: Putzen Sie ihr Badezimmer jeden Tag? Also ich nicht, drum ist dieser Service ja auch so angenehm.

Mir ist auch klar, dass, wenn eine vierköpfige Familie im Hotel lebt, sich meist die Mama über diesen Service freut, schließlich muss sie diese ganzen Arbeiten ja das ganze Jahr über machen und bekommt oft nicht einmal ein Dankeschön dafür, eher wird es noch von ihr erwartet. Wie schön muss es also sein, wenn sie im Urlaub kein Bad mehr putzen muss und auch die Betten schon gemacht sind, wenn sie *heim*kommt. Und erst das Frühstücksgeschirr: das bleibt einfach stehen, denn auch darum wird sich gekümmert – herrlich.

Nun gibt es aber auch hier wieder zwei Seiten der Medaille, denn neben unzähligen Urlaubern verbringen auch ganz viele Geschäftsreisende eine bestimmte Zeit im Jahr im Hotel. Und glauben Sie es oder nicht, aber wenn man wie ich ca. 100 Nächte pro Jahr im Hotel schläft, dann versucht man sich diese Zeit so heimisch wie möglich zu machen und gewöhnt sich bestimmte Rituale an. Das mag schrullig, pingelig oder auch skurril erscheinen, es ist aber so.

Gerne schildere ich Ihnen zunächst einmal meine Angewohnheiten, die für mich inzwischen völlig normal sind – und wehe, jemand bringt da Unordnung in mein System.

Zunächst einmal bin ich ein absoluter Gegner von Tagesdecken. Klar, die sehen schick aus, aber haben Sie sich schon mal Gedanken darüber gemacht, was mit so einer Tagesdecke im Laufe der Zeit alles passiert? Wie viele Fotos von Freunden habe ich schon bei Facebook gepostet gesehen, die nach dem Einchecken im Hotel voller Stolz ihr Hotelzimmer fotografiert haben. Und wo ist zu 90 Prozent der Koffer auf dem Bild zu sehen? Richtig: auf der Tagesdecke! Wo denn sonst? Beim Kofferauspacken ist das ja auch superbequem, alles liegt in Griffhöhe – herrlich.

Entschuldigung, hat sich denn noch niemand überlegt, wo dieser Koffer, der heutzutage ja mit praktischen Rollen ausgestattet ist und jetzt auf Ihrer Tagesdecke liegt, vorher schon überall gewesen ist? Ich sage es Ihnen: Sicherlich haben Sie ihn daheim erst mal von der Haustür zum Auto oder Taxi gerollt. Falls Sie mit der Bahn verreist sind auch noch vom Auto zum Bahnsteig und dann durch den kompletten Zug. Oder aber alternativ über den kompletten Flughafenparkplatz, durch die Halle usw. Überlegen Sie doch mal kurz, wo Ihr Koffer überall lang gerollt ist und was da so auf dem Boden war ... Vogeldreck, Hundehaufen ... Jau – und diese Rollen liegen nun auf Ihrer gemütlichen Tagesdecke auf dem Bett.

Ich möchte ja wirklich keine miese Stimmung aufkommen lassen, aber vor Ihrem Koffer hatten mindestens schon ein paar Dutzend anderer Urlauber oder Geschäftsreisende ihren rollenden Koffer auf der Tagesdecke. Jetzt gehen wir mal davon aus, dass sich noch nie ein Gast mit seinen Straßenschuhen auf das Bett geworfen hat, um beim Bezug des Zimmers die Qualität des Bettes zu testen. Was aber passiert denn spätestens dann mit der Decke, bevor Sie ins Bett gehen? Richtig, sie wird vom Bett genommen ... und wohin jetzt damit? Ich unterstelle einfach mal, dass die Decke von der Hälfte der Gäste auf den Boden gelegt wird. Und so geht das 365 Tage im Jahr. Den Straßenkoffer beim Auspacken auf die Decke, gelegentlich mit Straßenschuhen auf die Decke und abends landet diese dann auf dem Boden. Ich habe mal gelesen, dass man, egal wie sauber das Hotel erscheint, in seinem Zimmer ständig Badelatschen oder Hausschuhe tragen sollte, nicht einmal mit bloßen Socken sollte man über den Teppich gehen! Wissen Sie, wie viele Gäste schon vor Ihnen mit Socken über den Teppich liefen und wie viele von denen einen Fußpilz hatten? Und genau diese Decke wird nun vom Zimmermädchen wieder Tag für Tag auf Ihr Bett gelegt – weil es ja so schön aussieht, aber eben doch mit allem, was sich die ganze Zeit über darin eingenistet hat.

Um diesem Prozedere aus dem Weg zu gehen, habe ich die Tagesdecke einmal im Kleiderschrank versteckt, beziehungsweise sie dort deponiert. Nun, das Zimmermädchen war doch tatsächlich cleverer als ich dachte; natürlich hat sie die Decke wieder aus dem Schrank geholt und zurück aufs Bett gelegt. Am darauf folgendem Tag bin ich so weit gegangen, dass ich die Decke in meinem Koffer eingeschlossen habe und sie erst wieder am Abreisetag herausholte. Tief im Innern rechnete ich schon mit einer Anzeige wegen Diebstahl, was aber nicht geschah.

An dieser Stelle möchte ich die dekorativen Kissen, die man auch oft auf Betten findet, gar nicht erwähnen, denn auch diese haben im Laufe ihres Einsatzes bestimmt an Stellen gelegen, wo sie eigentlich nicht hingehörten. Und sicherlich haben auf diesen Kissen auch schon Leute ihren Kopf abgelegt und ihren schlechten Atem reingepustet, neben denen ich in einer überfüllten Straßenbahn lieber nicht gestanden hätte.

Nun gut; ich denke jedem ist klar geworden, dass ich von Tagesdecken so gar nichts halte. Und gerade in diesem Moment nehme ich mir vor, bei meinem nächsten Hotelaufenthalt doch einfach mal an der Rezeption zu fragen, wie oft so eine Tagesdecke denn eigentlich gereinigt wird. Eigentlich gibt es da nur zwei Antwortmöglichkeiten: Entweder ist der Rezeptionist völlig überfordert mit der Frage und beginnt zu stammeln oder aber er ist gut geschult und antwortet, dass dies regelmäßig passieren würde. Sollte ich noch dazu kommen, während ich dieses Buch schreibe, werde ich Ihnen natürlich Bericht erstatten.

Eine weitere Sache die mich in Hotelzimmern stört, sind diese stets mit allen möglichen Informationen vollgepackten Schreibtische. Bevor ich dort mein Notebook oder Sonstiges abstellen kann, muss der Schreibtisch erst mal von einem halben Dutzend Werbekinkerlitzchen befreit werden. Und wenn man keine Vorkehrungen trifft, wird dieser ganze Kram am nächsten Tag vom Zimmermädchen wieder nach Schema F so drapiert, dass ich als Gast erneut meine eigene Ordnung herstellen muss. Ein besonderer Clou ist es, wenn Sie sogar noch einen Informationsflyer an den Bildschirm des Fernsehgerätes geklebt bekommen, und zwar so, dass er schön in den Raum hineinragt. Was tue ich also, wenn ich nach einem Arbeitstag zurück ins Hotelzimmer komme? Ich räume erst mal wieder alles so hin, dass ich mich wohlfühle und arbeiten kann und entferne alle Werbeflyer, die irgendwo hingeklebt wurden.

Im Badezimmer das gleiche Spiel, alle Utensilien auf dem Waschbecken wurden beim Reinigen des Beckens hin- und hergeschoben und stehen jetzt nicht mehr dort, wo ich sie haben will. Als nette Erinnerung bleiben dann meistens auch noch drei Haare des Zimmermädchens im Becken und auf dem Fußboden zurück. Also räume ich auch hier erst mal wieder alles so hin, dass **ich** mich wohlfühle und nicht das Zimmermädchen.

Sie mögen das schrullig finden, aber liest man nicht auch ständig, dass Ehepaare sich streiten, weil jemand die berühmte

Zahnpastatube nicht verschlossen hat? Oder denken Sie nur an den berühmten Toilettendeckel, der oftmals nicht wieder heruntergeklappt wird! Sehen Sie? Wo fängt nun Schrulligkeit an und wo hört sie auf?

Dann dieser nett gemeinte Appell in Sachen Umweltschutz. Sie alle kennen das Schild mit dem Hinweis, dass man selbst entscheiden kann, ob man das Handtuch ein weiteres Mal benutzen möchte oder ob es ausgetauscht werden soll. *Handtuch auf dem Boden* heißt: Sie möchten ein neues. *Handtuch auf dem Rack* bedeutet: Sie benutzen es noch einmal.
Bla bla bla. In 95 Prozent der Hotels, egal ob zwei oder fünf Sterne, funktioniert dieses System, das vom Hotel selbst vorgeschlagen wird, nicht. Ständig bekomme ich neue Handtücher, der Wunsch des Gastes interessiert niemanden. Bringt man dies dann an der Rezeption zur Sprache, bekommt man auch noch dumme Antworten. Einmal schaute mich ein Rezeptionist völlig ungläubig an und erwiderte, dass ich doch dafür immer frische Handtücher hätte! Entschuldigung, ich wollte aber keine frischen Handtücher; ich hätte gerne Waschmittel und Wasser gespart und unsere Ressourcen geschont. So steht es jedenfalls auf dem Aufkleber am Spiegel. Übrigens einer der wenigen Aufkleber, die ich nicht entferne.
Es ist ein Kampf gegen Windmühlen. Offenbar ist der ganze Hotelablauf so standardisiert, dass Wünsche einfach keinen Platz haben.

Vielleicht denken Sie nun aber auch, dass das alles etwas übertrieben ist und ich wohl nur ein wenig überempfindlich bin. Ich erinnere in diesem Zusammenhang gerne noch einmal an die Anzahl der Nächte, die ich jährlich im Hotel verbringe.

Es ist einfach so, dass, wenn mein Hotelzimmer jeden Tag aufs Neue gereinigt, die Betten gemacht werden, im Bad alles verschoben wird und auch neue Handtücher parat liegen, ich dann einfach jeden Tag das Gefühl habe, ich würde gerade neu einchecken und wieder in ein neues Hotel kommen. Wenn ich aber in ein Zimmer komme das so aussieht, wie ich es vor Stunden verlassen habe, dann habe ich ein gewisses Gefühl von *nach Hause kommen*. Das mag komisch klingen, aber wenn Sie zehn Tage in ein und demselben Hotel sind, ist das ein schönes Gefühl.

Nun komme ich zum finalen Punk: Was ich besonders schlimm finde ist, wenn das Bitte-nicht-stören-Schild nicht beachtet wird. Wie oft ist es mir passiert, dass das Zimmermädchen einfach vor mir stand. Klar, in den meisten Fällen hatte sie vorher geklopft, aber zum Reagieren blieb oft keine Zeit, und *schwupps* steht eine fremde Frau im Zimmer. An dieser Stelle erinnere ich gerne mal an die USA, wo man ja binnen Sekunden eine Klage wegen sexueller Belästigung am Hals hat. Nun stellen Sie sich vor, sie sind ein männlicher Hotelgast, ahnen nichts Böses und plötzlich steht ein Zimmermädchen in Ihrem Zimmer. Dummerweise wollten Sie gerade duschen und haben im ungünstigsten Fall gerade nichts an. Zack: Ehe Sie es sich versehen, haben Sie eine Klage am Hals. Kein Mensch glaubt Ihnen, dass Sie das Klopfen an der Tür nicht gehört haben und das Zimmermädchen einfach ohne Vorwarnung reingekommen ist.

Auch hier weise ich das Personal regelmäßig darauf hin, dass ich doch das Schild an der Tür hängen habe und warum dieses denn nicht beachtet wurde. Die Anzahl der Ausreden ist schier unbegrenzt. Mal heißt es, dass viele Gäste beim Verlassen des Zimmers vergessen das Schild abzunehmen, mal hat das Zimmermädchen gesehen, dass ich das Zimmer verlassen habe oder aber, das Schild wurde einfach übersehen. Es kam sogar einmal vor, dass mich die Hausdame eines Hotels auf dem Zimmer anrief, um zu testen, ob ich wirklich nicht im Zimmer bin. Als ich ihr zu verstehen gab, dass ich doch das Bitte-nicht-stören-Schild an meiner Tür hätte und sie mich nun gerade in diesem Moment nicht nur gewaltig stören, sondern auch wecken würde, entschuldigte sie sich zwar brav, aber das half mir auch nicht mehr. Die Krönung aber war, als mir ein Zimmermädchen erklärte, dass ich das Schild mit der falschen Seite aufgehangen hätte, denn Englisch würde sie nicht lesen können, ich müsste es in deutscher Sprache an die Tür hängen. In diesem Moment dachte ich zuerst an die Sendung *Verstehen Sie Spaß*, leider entpuppte sich das Zimmermädchen nicht als Lockvogel der Sendung, es war ihr bitterer Ernst.

Und genau das ist der Grund, warum ich mich einmal genötigt fühlte, der Zentrale des *Motel One* in München einen Brief zu schicken, denn in diesem Hotel war es einfach nicht möglich ungestört zu schlafen, jedenfalls nicht so lange, wie man es wollte. Man brauchte auch keinen Wecker, denn das Wecken übernahm dort stets ein Zimmermädchen.

Lesen und Staunen Sie …

Sehr geehrte Damen und Herren,

nachdem ich mich in drei Ihrer Motel-One-Häuser über den jeweils gleichen Fehler ärgern musste, möchte ich Ihnen heute meine Verärgerung mitteilen, die von Mal zu Mal gewachsen ist.

Anbei das *Corpus Delicti*, welches von Ihren Zimmermädchen nicht nur nicht beachtet wird, man muss sich auch noch die fadenscheinigsten Begründungen anhören, warum das Bitte-nicht-stören-Schild einfach ignoriert wurde.

Gestern nun, wurde ich sogar noch forsch zurechtgewiesen, was mich dazu bringt, Ihnen meine drei Erlebnisse mitzuteilen. Für Sie sicherlich auch eine tolle Gelegenheit, einmal aus erster Hand zu erfahren, was in Ihren Häusern so passiert.

1) Vom 12. auf den 13. Juli dieses Jahres habe ich in Ihrem Motel One in Hannover, Rendsburger Straße geschlafen, besser gesagt: ich habe es versucht! Um am nächsten Tag ausschlafen zu können, habe ich Ihr wunderbar formuliertes Schild *Bitte nicht stören – Ich genieße mein Motel One Zimmer* an die Tür gehangen. Trotz dieses Schildes stand das Zimmermädchen dann aber plötzlich doch in meinem Zimmer. Da Sie ja wissen wie klein Ihre Zimmer sind (keine Kritik, es erhöht nur den Spannungsbogen), stand das Zimmermädchen eigentlich direkt neben meinem Bett! Den Hinweis, dass ich ja eigentlich das Bitte-nicht-stören-Schild an der Tür hängen hatte, kommentierte Sie mit den Worten, dass sie das gar nicht gesehen habe! Da ich nicht weiß, wer in Ihrem Haus meinen Brief in die Hände bekommt und ob diese Person das Schild, von dem ich schreibe, überhaupt schon einmal gesehen hat, habe ich mir erlaubt, Ihnen dieses mitzuschicken! Und nun bitte … ich kann es lei-

der nicht diplomatischer schreiben, aber wie blind muss man sein, um dieses Schild nicht zu sehen?

Fazit: Von *Ich genieße mein Motel One Zimmer* konnte an diesem Morgen leider keine Rede sein – eigentlich von der ganzen Nacht nicht, denn ausgerechnet am Anreisetag war die Klimaanlage ausgefallen – es war gerade die berühmte Zeit, als auch die Bahn *leichte* Schwierigkeiten mit ihren Anlagen hatte – dies aber nur nebenbei!

2) Vom 13. bis 16. August, es war das Wochenende zu meinem 44. Geburtstag, wohnte ich in Ihrem Hamburger Haus, direkt an der Alster – toll! Wie gewohnt hängte ich auch hier das Schild *Bitte nicht stören – Ich genieße mein Motel One Zimmer* an die Tür, dachte auch an das Erlebnis in Hannover, bin aber davon ausgegangen, dass es sich um einen einmaligen Vorfall handelte. Ich konnte ja nicht ahnen, dass es in Hamburg noch schlimmer werden sollte! Als ich Ihr tolles Haus nach der ersten Nacht verließ, um mir mit Freunden ein wenig die Stadt anzuschauen, habe ich das Schild ganz bewusst an der Tür hängen lassen, denn ich liebe es, wenn ich in mein Zimmer zurückkomme und es nicht wieder nach *Schema F* aufgeräumt wurde.

Sie können es sich bestimmt schon denken: natürlich war während meiner Abwesenheit doch ein Zimmermädchen in meinem Zimmer. Mir stellt sich ernsthaft die Frage, warum das so ist? Klar, sicherlich klopft das Zimmermädchen gegen Mittag irgendwann einmal an die Zimmertür, um zu kontrollieren, ob der Gast wirklich nicht in seinem Zimmer ist. Aber wer sagt eigentlich, dass alle Gäste ihr Hotelzimmer zu einer bestimmten Zeit verlassen haben?

Ich will es hier jetzt auch nicht übertreiben, deshalb komme ich zum Punkt: Wenn ich in meinem Zimmer bin und die einfache Bitte habe NICHT gestört zu werden, fühle ich mich unglaublich gestört, wenn das Schild einfach ignoriert wird und das Zimmermädchen klopft. Es gibt Situationen, da will oder kann ich auf ein Klopfen einfach nicht reagieren. Entweder schlafe ich, denn dafür hatte ich mir ja ein Zimmer in Ihrem Haus gemietet, dann kann ich nicht reagieren und empfinde es auch als Frechheit, wenn ich geweckt werde. Oder aber ich sitze auf der Toilette – mit Verlaub, da will ich auf ein Klopfen einfach nicht reagieren, um durch eine geschlossene Tür mit Ihrem Zimmermädchen zu kommunizieren! Es könnte aber auch sein, dass ich gerade wilden Sex in Ihrem Zimmer habe, und auch da will ich nicht gestört werden, auch wenn es Menschen geben soll, die sich durch das Outfit eines Zimmermädchens animiert fühlen.

Kurz: Ich habe Ihr Zimmermädchen auf dem Gang darauf angesprochen und bekam zur Antwort, dass sie gesehen hätte, wie ich das Zimmer verlassen habe und sie sei davon ausgegangen, ich hätte vergessen das Schild zu entfernen. Soso, ich habe es also vergessen! Ich muss sagen, ich finde es ja geradezu bewundernswert, wenn Menschen versuchen hellseherische Fähigkeiten zu entwickeln; wenn mein persönliches Wohlbefinden, wofür ich in Ihrem Hause ja auch zahlen musste, aber gestört wird, reagiere ich doch etwas verschnupft. Selbst wenn ich es vergessen hätte – dann wäre es meine eigene Schuld gewesen! Es gibt Hotels, da beachten die Zimmermädchen solche Schilder, die schieben einem sogar eine Karte unter der Tür durch, worauf zu lesen ist, dass sie das Zimmer gerne sauber gemacht hätten, der Wunsch, nicht gestört zu werden aber respektiert wird – eine tolle Sache, sage ich Ihnen! Nach dem Gespräch mit dem Zimmermädchen habe ich die Rezeption aufgesucht und bat darum, dass das Schild am nächsten Tag doch bitte beachtet werden soll.

Ich komme gleich zum Punkt. Trotz des Schildes *Ich genieße mein Motel One Zimmer – Bitte nicht Stören* stand auch am 15. August, es war übrigens mein 44. Geburtstag, gegen zwölf Uhr mittags wieder eines Ihrer Zimmermädchen vor meinem Bett. Was gibt es Schöneres im Leben, als am Morgen seines Geburtstages eine fremde Frau mit einem Putzfeudel in der Hand vor sich stehen zu haben? Oder war es ein lieb gemeintes Geburtstagsgeschenk von Ihnen, was nur schlecht kommuniziert wurde? Aber im Ernst: Ich hatte eine Geburtstagsfeier in Hamburg, solche Feiern gehen auch schon mal etwas länger … aber an Ausschlafen, beziehungsweise Genießen des Zimmers war leider wieder nicht zu denken – schade eigentlich.

Nach diesen Erlebnissen stellen Sie sich bestimmt schon die Frage, warum ich überhaupt noch mal bei Ihnen gebucht habe? Tja, diese Frage kann ich Ihnen auch nicht beantworten … kommen wir nun also zum großen Finale …

3) Mein letzter Aufenthalt liegt erst ein paar Stunden zurück – ich gönnte mir vom 12. bis 15. November ein Wochenende in Ihrem Münchener Haus am Sendlinger Tor … tolle Lage, tolle Preise! Ausschlafen durfte ich hier zwar auch nicht, dafür bekam ich aber eine kostenlose Schulung Ihres Zimmermädchens, und zwar darüber, wie man das Schild *Ich genieße mein Motel One Zimmer – Bitte nicht Stören* richtig anbringt! Ein

toller Service, bis dahin war mir gar nicht bewusst, dass man so ein Schild auch falsch anbringen konnte – aber ich lerne ja gerne dazu!

Wie Sie schon lesen konnten, wurde das Schild auch in München nicht beachtet – ich war es aus Ihrem Hause zwar schon gewohnt, dennoch: Schade! Aber was ich mir nun von dem chinesischen oder auch thailändischen Zimmermädchen anhören musste, wird die nächsten Wochen und Monaten meine Lieblingsgeschichte vor Freunden werden. Vielleicht erzählen Sie diese ja auch auf Ihrer Motel-One-Weihnachtsfeier; ich garantiere Ihnen: Sie werden einen großen Lacher landen!

Schauen Sie sich das mitgeschickte Schild doch einmal genau an! Fällt Ihnen etwas auf? Die eine Seite ist in englischer, die andere in deutscher Sprache – eigentlich nichts Ungewöhnliches … und eher durch Zufall hing das Schild an meiner Tür so, dass die englische Sprache zu lesen war. Ich gestehe ja: Hätte ich vorher gewusst, dass dies ein Fehler ist, ich hätte es bestimmt nicht getan, wirklich nicht … aber nach dem Frühstück in Ihrem Haus, das wirklich lecker war und reibungslos verlief, erlaubte ich mir gegen elf Uhr noch einmal auf mein Zimmer zu gehen.

Leicht bekleidet – wie leicht tut hier jetzt nichts zur Sache, aber immerhin so leicht, dass man eine Dusche nehmen kann – hielt ich mich in meinem Zimmer auf … Jau, die Spannung ist schon genommen, es passierte was passieren musste … Nachdem ich also schon in Hannover und Hamburg Diskussionen mit Ihren Zimmermädchen hatte, wies ich nun auch das Münchener Zimmermädchen auf das Schild an meiner Tür hin. Wie soll ich sagen ... in einem schon recht forschen Ton hat diese mir erklärt, ich müsste das Schild in deutscher Sprache an die Tür hängen, Englisch würde sie nicht lesen, beziehungsweise nicht verstehen!

Aha? Nun, mich wundern ja schon fast keine Begründungen oder Ausreden mehr, ich weiß auch gar nicht, was ich dazu noch schreiben soll, aber was machen denn all Ihre englischsprachigen Gäste, die kein Deutsch sprechen und wahrscheinlich ganz automatisch die englische Variante wählen und vor die Tür hängen?

Mein konstruktiver Tipp an Ihr tolles Unternehmen: Damit sich Ihre Gäste zukünftig vorab noch besser über die Sprachkenntnisse Ihrer Zimmermädchen informieren können, legen Sie auf Ihrer Website doch einfach eine aktuelle PDF-Datei darüber an, welche Sprache das Zimmermädchen während des Aufenthaltes des Gastes spricht – vielleicht auch gleich mit der Möglichkeit, sich so ein Schild daheim selbst ausdrucken zu können, natürlich in der Landessprache des Personals – das wäre doch eine tolle Sache!

Nachdem mein Brief doch länger wurde als gedacht, verabschiede ich mich nun von Ihnen ... ach ja, bevor Sie mir ein Standardschreiben schicken: Man hat mich schon darüber aufgeklärt, dass die Zimmermädchen nicht zu Ihrem Personal gehören, sondern zu einer Fremdfirma. Ehrlich gesagt: als Gast ist mir das eigentlich ziemlich egal; es zeigt mir nur, dass das Personal schlecht geschult wurde, von wem auch immer – letztlich bleibt mir doch das *Motel One* in schlechter Erinnerung!

Nun noch etwas Nettes:

Ich bin ja nicht nachtragend, werde also auch zukünftig bei Ihnen buchen und freue mich auf weitere weibliche Bekanntschaften in Ihren Zimmern.

Mit freundlichen Grüßen

Peter Granzow

Um eines klarzustellen: Ich liebe das Motel One und buche dort regelmäßig Zimmer, sofern ich nur eine oder auch zwei Nächte unterwegs bin, denn wichtig sind mir bei Kurzaufenthalten insbesondere die zentrale Lage, eine gute Matratze und ein sauberes Bad. Das *Motel One* vereint dieses wirklich alles wunderbar. Auch das Frühstück ist absolut top und das für einen unglaublichen Preis von 7,50 €! Wenn … ja wenn da nur nicht diese Sache mit der Nichtachtung dieses Schildes wäre.

Sicherlich ist Ihnen aufgefallen, dass auch dieser Beschwerdebrief wieder recht lang gewesen ist und fragen sich, was mir diese Beschwerde nun gebracht hat.
Nun, zunächst einmal ist dieses mein ganz persönlicher Kampf gegen die Missachtung meines bescheidenen Wunsches, im Hotelzimmer nicht gestört zu werden. Zumal das Hotel ja selbst angeboten hat, dass ich durch dieses Schild einfach um Ruhe bitten kann. Genau deshalb verstehe ich nicht, dass dieses System nicht funktioniert. Da könnte ich jetzt noch mal das Handtuchsystem ansprechen, wo uns Hotels in Sachen Umweltschutz ins Gewissen reden möchte und wir auf den tägli-

chen Austausch der Handtücher verzichten sollen. Sie glauben nicht, wie oft ich die Handtücher gerne ein weiteres Mal benutzt hätte. Aber nein, inzwischen weiß ich, dass es für das Zimmermädchen zeitsparender ist, wenn sie alle Handtücher schnell zusammenrafft und frische bereitstellt, als die benutzten ordentlich zusammenzulegen, sodass im Bad eine gewisse Ordnung herrscht. Außerdem haben die Hotels angeblich fixe Reinigungsverträge mit den Wäschereien, sodass es kostenmäßig überhaupt keine Rolle spielt, ob das Hotel täglich nun zehn Handtücher mehr oder weniger abgibt. Mir als Hotelgast ist das aber völlig egal, nur wenn man mir bestimmte Serviceangebote vorschlägt und an mein Gewissen appelliert, dann möchte ich auch – nein, dann erwarte ich, dass man sich daran hält.

Aber zurück zu meinem Brief an das *Motel One*: Selbstverständlich ließ eine Reaktion nicht lange auf sich warten. Nur wenige Tage später erhielt ich ein wirklich nettes Antwortschreiben aus der Zentrale in München. Man teilte mir mit, dass man meinen Brief mit einem lachenden und einem weinenden Auge zur Kenntnis genommen hätte und entschuldigte sich für die Vorfälle. Natürlich dürfe dies alles nicht passieren und man wolle bei den nächsten Schulungen noch intensiver auf das Problem aufmerksam machen.

Dies war aber nicht alles was man mir mitteilte, natürlich wollte man mir auch etwas Gutes tun und legte der Antwort als kleine Entschädigung einen Hotelgutschein für eine Nacht in einem Haus meiner Wahl inklusive Frühstück bei. Na, da sage ich doch mal herzlichen Dank, immerhin hatte dieser Gutschein einen Wert von ca. 80,- € – grob gerechnet kann man

also sagen, dass ich das Porto für meine Beschwerde wieder drin hatte!
Eingelöst habe ich den Gutschein dann übrigens im *Motel One* in München am Sendlinger Tor, wo ich ja schon einmal war.

Rückblickend kann man also auch hier sagen, dass es sich durchaus lohnt, sich eben nicht alles gefallen zu lassen. Auch bin ich der Meinung, dass ich vom Hotel keine unmöglichen Dinge erwartet habe. Nachdem ich aber in drei Häusern einer Kette das gleiche Problem hatte, wurde es eben Zeit für einen Brief. Und sagen Sie selbst: Ich bin ja nun der Letzte, der so einen Brief in einem unverschämten oder unpassenden Ton schreibt, sondern jemand, der immer ein wenig Ironie mit einbringt. Auch stelle ich niemals Forderungen, die Entschädigung kam wieder von ganz alleine.

Nun könnte man eventuell zu der Annahme kommen, dass das Personal dieses Hotels inzwischen besser geschult wurde und sich alles zum Besten gewandelt hat. Wie lustig – natürlich hat es das nicht. Trotz des Briefverkehrs zwischen dem Hotel und mir und dem sicherlich nett gemeinten Gutschein als Entschädigung: auch bei meinen danach folgenden Aufenthalten war an Ausschlafen leider nicht zu denken. Stets stand das Zimmermädchen plötzlich in meinem Zimmer. Auch wenn dieses zuvor geklopft hatte – als Gast hat man meist nicht die Chance zur Tür zu gehen, oder etwas zu rufen. Ohne auf eine Reaktion des Gastes zu warten, steht das Zimmermädchen wie aus heiterem Himmel im Zimmer. Der Zentrale in München habe ich danach noch einmal einen abschließenden Brief geschickt, den man auch *Abschlussbericht* nennen könnte. Nach diesem Brief gab es zwischen mir und dem Hotel keine weitere Kommunikation. Schade, denn das, was ich gemacht habe, sehe ich eigentlich nicht als meckern oder nörgeln an, sondern …? Genau, Sie haben es schon gelernt: als Unternehmensberatung, und zwar kostenlos!

Doch lesen Sie einfach selbst:

Guten Tag,

im November des vergangenen Jahres habe ich versucht, Sie in einem nett gemeinten, vier Seiten langen Brief auf humorvolle Weise auf einen gravierenden Missstand in Ihrem Hause aufmerksam zu machen, nämlich der Tatsache, dass Ihre Zimmermädchen das Bitte-nicht-stören-Schild in verschiedenen Häusern einfach missachten und es in Ihrem Hotel **NICHT** möglich ist auszuschlafen, sofern man dieses möchte! Ich hatte Ihnen meine Erfahrungen aus drei verschiedenen Häusern aus einem Jahr geschildert – diese Erfahrungen waren damals der berühmte Tropfen, denn das gleiche Erlebnis hatte ich zuvor schon in diversen anderen Ihrer Häuser, nahm es aber so hin – vielleicht erinnern Sie sich?

Netterweise machten Sie sich die Mühe mir zu antworten und nahmen meine Reklamation mit einem lachenden und einem weinenden Auge zur Kenntnis. Auch wollten Sie dafür sorgen, dass bei den zukünftigen Housekeeping-Schulungen noch intensiver auf diesen Bereich eingegangen wird.

Heute, fünf Monate später, kann ich Ihnen aus eigener aktueller Erfahrung berichten, was dies gebracht hat: Nichts! Gar nichts!

Tja, Sie ahnen es schon: In der Nacht vom 21.05. auf den 22.05.2011 war ich wieder einmal so mutig und habe in Ihrem Hamburger Haus an der Alster geschlafen. Eigentlich habe ich nur mein Gepäck bei Ihnen abgestellt, denn aus Schlafen wurde, wie ja schon gewohnt, leider wieder nichts. Am Freitagmorgen, pünktlich um zehn Uhr, stand es trotz des Bitte-nicht-stören-Schildes an der Tür, wieder vor mir: ihr Zimmermädchen! Natürlich habe ich sie sofort zu Rede gestellt, aber als Antwort bekam ich die schon so oft gehörte Standardausrede, dass viele Gäste vergessen würden, das Schild abzuhängen.

Entschuldigung, aber ich kann es jetzt nicht mehr schmunzelnd zur Kenntnis nehmen und Ihnen auch nicht mehr freundlich gesinnt schreiben. Ich bin einfach verärgert darüber, dass es in Ihrem Hause offensichtlich nicht möglich ist, ungestört die Nacht zu verbringen. Auch wenn die Übernachtung *nur* 70,- € kostet – dafür, dass ich jeden Moment damit rechnen muss, dass gleich eine fremde Person in meinem Zimmer steht, meine Nachtruhe stört und ich keine Chance habe, dies zu verhindern, ist der Preis noch viel zu hoch!

Inzwischen muss ich davon ausgehen, dass Ihr angemietetes Personal genau in die Richtung geschult wird, denn es geht natürlich viel schneller dem Gast einfach was von anderen vergesslichen Gästen zu erzählen, als sich die Mühe zu machen, an der Rezeption zu fragen, ob der Gast tatsächlich schon ausgecheckt hat.

Übrigens: Es soll sogar Gäste geben, zu denen zähle auch ich, die lassen das besagte Schild auch bei einem mehrtägigen Aufenthalt an der Tür hängen, ganz einfach aus dem Grund, weil sie nicht möchten, dass jeden Tag eine fremde Person ins

Zimmer geht, private Sachen umräumt und wieder die olle Tagesdecke aufs Bett legt, auf der vorher eventuell schon hundert andere Gäste die tollsten Sachen gemacht haben. Tagesdecken sind meiner Meinung nach mit das Unhygienischste, was es gibt.

Ich möchte es auch nicht weiter ausführen oder mich erklären müssen – das Schild sollte einfach alles sagen. Leider wird es in jedem Ihrer Häuser, in denen ich genächtigt habe, ignoriert.

In meinem ersten Brief habe ich angemerkt, dass ich dennoch auch weiterhin bei Ihnen buchen werde – heute frage ich Sie jedoch ganz im Ernst: Bei meinen letzten zehn (!) Aufenthalten in Ihren Häusern war an ungestört Schlafen nicht zu denken! Nennen Sie mir also einen Grund, warum ich im *Motel One* übernachten soll?

Heute Nacht freue ich mich auf mein eigenes Bett und darauf, dass ich morgen ungestört ausschlafen kann.

Mit übermüdeten Grüßen

Peter Granzow

Wie bereits angemerkt, war dies der letzte Kontakt zum *Motel One*. Auf meinen letzten Brief hin habe ich nie eine Antwort bekommen, sodass man mir auch meine Frage, warum ich noch einmal dort schlafen sollte, leider nicht beantworten konnte.

5. Kein Wechselgeld

Jeder kennt das: Man hat seinen freien Tag und möchte diesen mit einem gemütlichen Frühstück beginnen; was könnte da schöner sein, als sich einen frischen Kaffee zu kochen und diesen gemeinsam mit knusprigen Brötchen vom Bäcker nebenan zu genießen? Mein Ratschlag schon an dieser Stelle: Falls Sie es mit Ihrem hart verdienten Geld genau nehmen, dann nehmen Sie sicherheitshalber auch passendes Kleingeld mit; haben Sie dieses nicht, kann es schon mal passieren, dass sich die Verkäuferin weigert Ihnen das Wechselgeld herauszugeben?
Glauben Sie nicht?

Ich ging eines schönen Morgens zu meinem Bäcker und kaufte das damalige Angebot von fünf Brötchen für 1,29 €. Wie gewöhnlich wurden die Brötchen in einer Tüte verpackt und ich legte 1,30 € auf die Ladentheke. Die Verkäuferin gab mir die Brötchen, nahm mein Geld, schaute in die Kasse und sagte zu mir, dass sie mir den einen Cent schuldig bleiben müsse, weil sie gerade kein Wechselgeld habe. Ohne mich weiter zu beachten, ging sie dann sofort zum nächsten Kunden über. Etwas verdutzt sagte ich so etwas wie *Moment, Moment* zu ihr und dass sie mir in diesem Fall ja ein Zwei-Cent-Stück geben, aber doch nicht wie selbstverständlich Wechselgeld zurückhalten könne, auch wenn es sich nur um einen Cent handeln würde. Daraufhin erwiderte sie, dass das nicht ginge, weil so ihre Kasse nicht stimmen würde und sie die Differenz aus eigener Tasche zahlen müsste.

Ehrlich gesagt war es mir zu dumm, diese Diskussion weiterzuführen. Es ging mir hier auch nicht um den einen Cent, sondern vielmehr um die Dreistigkeit, dass ein Geschäft dem Kunden sein Wechselgeld wie selbstverständlich nicht auszahlt, nur weil die Kasse dieses gerade nicht hergeben würde. Man mag mich ja jetzt für pingelig halten und ich gebe gerne zu, dass ich in dieser Bäckerei vielleicht geradezu auf solche Geschehnisse warte, denn eigentlich gibt es dort ständig unschöne Situationen. So kam ich eines Wintermorgens in dieselbe Bäckerei und sah, wie sich die Verkäuferin ihre Nase gerade mit einem scheinbar recht oft gebrauchten Taschentuch putze. Soweit ist das ja noch nicht schlimm. Schlimm wurde es aber, als sie mich nach meinem Wunsch fragte, sich gleichzeitig das Taschentuch in die Schürzentasche stecke und dann sofort mit bloßen Händen in die Brötchenkiste griff, um mir meine fünf bestellen Brötchen einzutüten. Bei diesem Anblick wurden meine Augen immer größer und als sie mittlerweile nach dem dritten Brötchen griff, fragte ich sie, ob sie das nicht ein wenig unhygienisch finden würde, wenn sie nach dem Putzen ihrer Nase, ohne sich vorher die Hände zu waschen, die Brötchen anfassen würde? Ich verwies auch auf die praktische Zange neben dem Brötchenkorb, die ja eigentlich dafür gedacht war, dass die Brötchen damit aus der Kiste geholt werden. Zu ihrer Verteidigung muss ich sagen, dass sie sich sofort mit den Worten, dass dies nicht passieren dürfe, entschuldigte, die Tüte weglegte und mir per Zange neue Brötchen gab.
Man sehe es mir bitte nach, aber hätte ich hier nichts gesagt, so hätte ich bei jedem Biss in mein Brötchen ihr zerfleddertes Taschentuch vor meinen Augen gesehen und appetitanregend war dieses nun wirklich nicht.

6. Kleider machen Leute

In meinem nächsten Erlebnis geht es darum, dass es offenbar sehr wichtig ist, wie man sich morgens um neun Uhr einem Küchenberater präsentiert. Mein Tipp: Wagen Sie es lieber nicht, diesem nur im gestreiften Bademantel bekleidet die Tür zu öffnen; bei einem erfolglosen Verkaufsgespräch könnte das verbale Beleidigungen zur Folge haben.

Jeder kennt das: Man ist jung, will sich beruflich verändern oder weiterentwickeln und zieht dafür in eine andere Stadt. Das Budget ist begrenzt, man kalkuliert alles mit dem sprichwörtlichen spitzen Bleistift und ist froh, wenn man eine halbwegs bezahlbare Wohnung gefunden hat.

So war es damals bei mir im Jahr 1995, als ich von Hannover nach Köln ziehen wollte. Eine 55 Quadratmeter große Wohnung hatte ich über Freunde gefunden. So kam es schon fast einem Fünfer im Lotto mit schlechter Quote gleich, denn durch dieses berühmte *Vitamin B* sparte ich mir den Makler.

Die Wohnung war recht zentral gelegen und hatte einen kleinen Balkon zum begrünten, ruhigen Hinterhof. Der einzige Makel waren das grün gefliese Badezimmer und eine Einbauküche aus den 70ern mit dunkelbrauner Front. Egal – wenn man die Chance auf so eine Wohnung hat, dann schlägt man zunächst einmal zu; für die gesparte Maklercourtage kann man sich später immer noch eine neue Küche anschaffen.

Genau so sollte es geschehen. Nachdem ich mich nach ein paar Monaten gut in meiner neuen Wohnung eingelebt hatte, missfiel mir die etwa dreieinhalb Meter lange Küchenzeile mit dunkelbrauner Front täglich immer mehr. Da ich in der Vergangenheit in meinem benachbarten Supermarkt schon des Öfteren einen Stand der Firma *Portas* gesehen hatte, die damit warb alte Küchentüren morgens abzuholen, um sie abends neu beschichtet wieder anzumontieren, beschloss ich, das nächste Mal einen Termin mit *Portas* zu vereinbaren, sobald diese wieder mit einem Stand in meinem Supermarkt vertreten wären.

Es dauerte nicht lange und tatsächlich: Eines Tages stand im Eingangsbereich meines Supermarktes ein Promotionstand der Firma *Portas* inklusive einem fachmännisch aussehenden Mitarbeiter. Um keine Zeit zu verschwenden, beziehungsweise nichts auf die lange Bahn zu schieben, machte ich Nägel mit Köpfen und sprach den Mitarbeiter an. In einem kurzen Gespräch beschrieb ich ihm meine Küche und wollte einen Termin mit ihm vereinbaren, davon ausgehend, dass dies nun wohl einige Wochen dauern würde. Zu meiner großen Überraschung schlug er mir einen Termin am nächsten Tag vor, denn dann würde er ohnehin wieder in meinem Supermarkt sein, welcher nur drei Minuten zu Fuß von meiner Wohnung entfernt lag. Perfekt, dachte ich, und so einigten wir uns auf neun Uhr morgens am nächsten Tag.

Mit dem Termin in der Tasche machte ich mich nun schmunzelnd an meine Einkäufe, denn im Stillen dachte ich ja an das alte Klischee *Servicewüste Deutschland*. Nix da, gerade wurde ich eines Besseren belehrt, die Firma *Portas* war offenbar kundenorientiert und begeisterte mich mit der Vereinbarung eines

Termins ohne lange Wartezeit. Im Stillen machte ich mir nun aber auch darüber Gedanken, was ich denn für die Erneuerung der Türen und eventuell auch einer neuen Arbeitsplatte bereit wäre auszugeben.

Da mir in letzter Zeit des Öfteren Werbeprospekte von Möbelhäusern ins Haus flatterten wusste ich, dass man eine einfache Küchenzeile, inklusive Elektrogeräten, schon für 1.999,- DM bekommen würde – ja, damals hatten wir noch die gute alte Mark. Gut, für diesen Preis durfte man sicherlich keine großartige Qualität erwarten, aber schließlich wollte ich in einer Mietwohnung auch kein Vermögen investieren. Hinzu kam, dass ich mir auch einen neuen passenden Laminatboden in die Küche legen wollte, falls ich mir eine neue Küchenfront leisten würde.

Wieder daheim angekommen, nahm ich meine Küche genau unter die Lupe und kam auf insgesamt fünf Unterschrank- und fünf Hängeschranktüren á 60 cm und eine Arbeitsplatte von drei Meter Länge. Nun fragte ich mich, was zehn Türen, die neu beschichtet, beziehungsweise beklebt werden, und eine neue Arbeitsplatte wohl kosten würden? So kalkulierte ich für die Türen je 50,- DM ein und für die Arbeitsplatte 200,- DM, sodass ich auf 700,- DM kam. Da ich meine Küchenfront nicht mehr sehen konnte und unbedingt etwas Neues wollte, schlug ich gedanklich noch einmal großzügig 100,- DM inklusive Trinkgeld für die Monteure oben drauf. Es war beschlossen: Ich war bereit, mich diese optische Verschönerung 800,- DM kosten zu lassen.

Da wir den Termin auf neun Uhr gelegt hatten, ich als Freiberufler einen anderen Tagesrhythmus hatte und gelegentlich bis neun Uhr schlief, stellte ich mir meinen Wecker vorsichtshalber auf halb neun, so hatte ich noch gut zwanzig Minuten für eine kurze Morgentoilette.

Am nächsten Morgen klingelte der Wecker pünktlich um 8.30 Uhr und wie gewohnt drückte ich noch einmal die Schlummertaste – herrlich, einfach noch mal ein wenig dösen. Plötzlich klingelte es erneut und ich erkannte sofort, dass dies nicht der Wecker war. Mit dicken Augen schaute ich auf die Uhr und sah, dass es 8.45 Uhr war.

Nun ging alles sehr schnell. Sofort war mir klar, dass ich fünfzehn Minuten zu lange im Bett gelegen hatte und der Mitarbeiter von *Portas* offenbar eine Viertelstunde zu früh vor meiner Tür stand. Eine äußerst unangenehme Kombination. Sofort sprang ich aus dem Bett, riss die Schlafzimmertür zum Balkon auf, schließlich wollte ich einen Hauch von Frischluft in meine Wohnung lassen, rannte in den Flur, nahm den Hörer der Gegensprechanlage und versuchte ein völlig ausgeschlafenes *Ja, hallo* aus meinem Mund erklingen zu lassen, was mir erstaunlicherweise auch gelang. Der Herr am anderen Ende der Leitung gab mir im tiefsten kölschen Dialekt zu verstehen, dass die Firma *Portas* vor der Tür stand, sodass ich nun gezwungen war ungewaschen und unrasiert, nur in Unterhose und T-Shirt gekleidet, den Türöffner zu drücken. Wieder mit einer total klaren Stimme sagte ich noch *Im ersten Stock* und legte den Hörer wieder auf. Im Sauseschritt rannte ich in die Küche und riss auch hier die Balkontür auf, denn meine abgestandene Luft der vergangenen Nacht wollte ich dem Herrn wirklich nicht entgegenschlagen lassen. Entgegenschlagen sollte ihm aber gleich mein äußeres Erscheinungsbild, denn ich sah immer noch so aus, wie man aussieht, wenn man gerade aus dem Bett kommt und da es von der Haustür bis zu meiner Wohnungstür nur 20 Treppenstufen waren, musste es jeden Moment klingeln. Fürs Anziehen war es nun auch zu spät, also rannte ich von der Küche ins Bad, vorbei an der Wohnungstür, durch die ich schon die Schritte im Treppenhaus hören konnte, und holte meinen Bademantel. In diesem Moment wurde mir bewusst, wie hässlich doch mein Bademantel war. Ein typischer Frotteemantel mit blauen und weißen Streifen, den ich als Jugendlicher mal für einen Krankenhausaufenthalt von meinen Eltern bekommen hatte. Aber es war keine Zeit für Eitelkeiten, also zog ich ihn an, ging in den Flur zurück, machte den Gürtel des Bademantels zu und öffnete die Tür.

Da stand er auch schon vor mir, ein in einen grünen Overall gekleideter *Portas*-Mitarbeiter, der mich sofort, ohne dass ich *Guten Morgen* sagen konnte, mit einem *Oh, da ist aber gerade einer aus dem Bett gefallen* begrüßte. Tja, er hatte es auf den Punkt gebracht. Auch ich begrüßte ihn nun, leitete ihn in die Küche und zeigte ihm meine Küchenzeile, die ich nun für wenig Geld aufgepeppt bekommen wollte. In diesem Moment fielen mir wieder die 800,- DM ein, die ich auszugeben bereit war.

Mit geschultem Blick nahm der Herr alle Maße meiner Küchenzeile und klärte mich darüber auf, dass auch der Austausch der Arbeitsplatte kein Problem sei. Danach begann der für mich spannendste Augenblick: Er schrieb sich ein paar Dinge auf, tippte etwas in seinen Taschenrechner und irgendwann dachte ich, dass er für die paar Türen ein wenig zu viel tippen würde, was mich langsam unruhig machte. Doch dann sah ich, wie er unten rechts auf die große Taste tippte. Für die Bearbeitung aller zehn Türen der Unter- und Hängeschränke sowie der drei Meter langen Arbeitsplatte machte er mir ein Angebot in Höhe von fast 2.000,- DM! Auch heute, 17 Jahre später, weiß ich es noch so gut wie damals: Dieser Betrag übertraf meine kühnsten Berechnungen, was ich dem Berater auch gleich zu verstehen gab. Für 2.000,- DM sagte ich ihm, würde ich ja eine neue Küche bekommen und bezog dies auf die Werbeflyer der Vergangenheit in meinem Briefkasten. Mit einem leicht unverständlichen Gesichtsausdruck erwiderte er, dass ich durch sein Angebot doch eine neue Küche hätte. Nein sagte ich ihm, ich hätte dann keine neue Küche, sondern schlichtweg einfach nur neue Türen und eine neue Arbeitsplatte. Auch berichtete ich ihm von den vielen Angeboten für komplette Küchen inklusive Elektrogeräten zum gleichen Preis, wie für den seines Angebotes. Mit einem inzwischen verächtlichen Gesichtsausdruck schaute er mich noch einmal von oben bis unten an – für meinen gestreiften Bademantel schämte ich mich inzwischen ganz bitterlich – und dann hörte ich die acht Worte aus seinem Munde, die ich bis heute nicht vergessen konnte und wohl auch nie vergessen werde:»Na, das habe ich mir doch gleich gedacht!« Wie bitte? Was sollte das denn nun heißen? Er hat bei meinem Anblick also sofort gewusst, dass er bei mir keinen Kaufvertrag abschließen werde oder wie? Natürlich wollte ich das auch sofort von ihm wissen, eine Antwort ist er mir aber schuldig geblieben. Ich dankte ihm für sein *tolles Angebot*, verabschiedete ihn und wünschte für die Zukunft weiterhin viel Erfolg.

Natürlich, man kann einem Verkaufsberater adretter gekleidet gegenübertreten, wobei … streng genommen ist ein grüner

Arbeitsoverall auch nicht gerade der optische Hit, aber geht es letztlich nicht darum, dass die Firma etwas verkaufen wollte? Da sollte es doch ziemlich egal sein, was der Kunde morgens um kurz vor neun anhat! Der Berater kann sich nach dem Gespräch ja auch in aller Stille vor der Tür über den Kunden oder den Kleidungsstil lustig machen, aber sollte man einem Kunden, nur weil er nichts kaufen möchte, so einen Satz ins Gesicht schleudern? Ich empfand dies als sehr herablassend.

Das Gute daran: Ich hatte 2.000,- DM gespart und beschloss noch am selben Tag, dass ich demnächst ins nahegelegene Möbelhaus *Porta* fahren wollte, um mich dort nach einer neuen Küche umzuschauen. Eine ganz neue Küche, mit neuen Elektrogeräten und allem was dazugehört. Dass das Möbelhaus fast genauso hieß wie die Firma, deren Mitarbeiter mir gerade den Morgen ruiniert hatte, störte mich nicht weiter.

In dieser Vorfreude auf eine neue Küche ahnte ich allerdings noch nicht, dass es gar nicht so leicht werden sollte, eine neue Küche zu kaufen, denn als Kunde können Sie wirklich sehr viel falsch machen, da ist es wirklich egal, wie viel Geld Sie bereit sind auszugeben, wenn der Verkäufer nicht mag, dann mag er eben nicht!

7. Eine neue Küche

Mein Wunsch nach einer neuen Küche war also groß. Und wer schon mal eine neue Küche gekauft hat, der weiß auch, dass es hier preislich gesehen nach oben hin keine Grenzen gibt. Naiverweise könnte man jetzt auch annehmen, dass, je höher der Preis der Küche und somit auch die Verkaufsprovision ausfällt, die Beratungsfreude des Verkäufers steigt. In der Realität sieht das natürlich ganz anders aus. Nie hätte ich geglaubt, dass das passieren könnte, was bei meinem Küchenkauf passierte.

Nachdem ich mich nach der missglückten Beratung durch den Verkäufer von *Portas* entschlossen hatte, mich von meiner gebrauchten Küche, die ich bei der Anmietung meiner neuen Wohnung in Köln übernommen hatte, zu trennen, wollte ich mir nun also eine Küche anschaffen. Aber nicht nur das: gleichzeitig sollte der PVC-Boden rausgerissen und neuer Laminatboden verlegt werden. Außerdem wollte ich mir passend zu der Küche einen neuen Tisch und neue Stühle kaufen. Große Veränderungen standen also ins Haus und natürlich auch gewisse Investitionskosten.

Da ich sehr kaufentschlossen war und nicht nur eine flüchtige Beratung wollte, bereitete ich meinen Besuch im *Möbelhaus Porta* so weit vor, dass ich alle Maße meiner Küche notierte, inklusive der Positionen für Wasser- und Starkstromanschluss.

Frohen Mutes ging ich also eines schönen Tages gegen 12.30 Uhr zu Porta und suchte sofort die Küchenabteilung auf. Da ich dort schon des Öfteren gestöbert und Luftschlösser gebaut hatte, kannte ich mich recht gut aus und wurde auch schnell fündig. Optisch fiel meine Wahl damals auf eine Einbauküche mit hellblauen Türen und einem Korpus aus heller Buche, sowie einer passenden Arbeitsplatte.

Viel zu planen gab es eigentlich nicht schließlich durfte meine Küchenzeile dreieinhalb Meter lang sein, wodurch ich auf fünf Unterschränke plus Herd kommen würde. Dazu die passenden Oberschränke, ein Waschbecken und vielleicht noch etwas Beleuchtung. Da ich einen separaten Kühlschrank hatte benötigte ich diesen nicht und eine Spülmaschine wollte ich mir aus Platzmangel nicht leisten.

Meine Entscheidung für diese Küche war also so gut wie gefallen, und da die Möbelhäuser damals gerade die neu eingeführten 3D-Programme anboten, mit denen man seine Küche direkt vor Ort am PC entwerfen konnte, bedurfte es nun nur noch eines Verkäufers, der dieses mit mir machte. Aber wo war er denn – oder sie? Inzwischen hatte ich ja schon gut 20 Minuten ohne Hilfe vor der Ausstellungsküche für alle gut sichtbar gemessen, Skizzen gemacht und auch Türen geöffnet, um die Preisschilder zu sehen. Die berühmte Standardfrage, ob man mir helfen könne, blieb jedoch gänzlich aus. In diesem Moment fand ich das aber noch nicht so schlimm, schließlich war ich ja schon groß und recht selbstständig.

Inzwischen war es 13.00 Uhr und mir kam in den Sinn, dass einige Mitarbeiter des Hauses wohl gerade ihre Mittagspause machten und dies der Grund für die bislang nicht erfolgte Beratung war. Also begab ich mich mit meinen Notizen und dem festen Willen, die auserwählte Küche zu kaufen, zum Informationsschalter – und siehe da: Dort war richtig Betrieb. Nein, nein, Sie dürfen jetzt nicht annehmen, dass dort viele Kunden waren, von Kunden war weit und breit keine Spur, reges Treiben herrschte lediglich hinter dem Schalter, denn dort befanden sich gleich drei Mitarbeiter. Was will man mehr? Einer davon würde sich meiner nun sicherlich annehmen.

Am Informationsschalter angekommen sah ich nun, mit was die Leute da beschäftigt waren. Direkt vor mir stand einer, der offenbar gerade in einem Kundengespräch per Telefon war, mit ihm konnte ich auch sofort Blickkontakt aufnehmen. Eine weitere Mitarbeiterin stand mit einem Klemmbrett hinter der Theke und bearbeitete wichtigen Papierkram; sie war so gekonnt beschäftigt, dass sie von mir leider keine Notiz nahm. Aber da war ja noch der dritte Mitarbeiter, ihn müsste man doch dazu begeistern können, einen Kunden wie mich, der gewillt war Geld auszugeben, zu beraten. Kaum war der Gedanke gedacht, war er auch schon wieder verflogen, denn leider studierte dieser Mitarbeiter gerade den *Kölner Express*. Dem Nichtkölner sei gesagt, dass diese Zeitung so ähnlich strukturiert ist, wie die Bildzeitung. Da stand ich nun sprichwörtlich mit den Taschen voller Geld, welches aber offenbar niemand wollte. Und dann nahm die bis heute unvergessene Geschichte ihren Lauf:

Der Mitarbeiter, der gerade das Telefonat führte und mir dummerweise einen Blickkontakt schenkte, fühlte sich nun genötigt mich zu fragen, ob er mir helfen könne. Diese Frage war für seine beiden Kollegen offenbar wiederum das Stichwort zur Flucht, denn kaum gab ich ihm zu verstehen, dass ich gerne die blaue Küche aus der Ausstellung kaufen wollte, drehte mir die Kollegin mit dem Klemmbrett den Rücken zu und verschwand.

Den Zeitung lesenden Kollegen konnte er gerade noch fragen, ob er sich meiner annehmen würde, worauf dieser nicht einmal in unsere Richtung schaute sondern mit den Worten verschwand, dass er jetzt Mittag machen würde. In diesem Moment fragte ich mich, was er denn gerade gemacht hatte oder ob es hier üblich sei, dass man die Zeitung während der Arbeit im Verkaufsraum liest, um sich in der Pause dann anderen Dingen widmen zu können?

Da rief der Verkäufer, der immer noch den Telefonhörer in der Hand hielt, zu seinen beiden Kollegen: »Dann muss ich das ja machen!« Wie bitte? *Dann muss ich das ja machen?* Diese Aussage störte mich als Kunde doch ungemein. Nicht nur, dass die ganze Situation skurril war: eine Mitarbeiterin verschwand mit ihrem Klemmbrett im Nirgendwo und der andere Kollege, der sich offensichtlich zeitungslesend auf seine Pause vorbereitete, begann diese in genau dem Moment, als ein Kunde auftauchte. Auch hatte ich als Kunde nun ein absolut schlechtes Gewissen: wie konnte ich nur so unverschämt sein zur Mittagszeit auf die Idee zu kommen, mir eine Küche zu kaufen? Es hieß zwar mal *Der Kunde ist König*, heutzutage muss man aber wohl eher sagen: *Der Kunde ist hörig*, und zwar dem Verkäufer.

Der Mitarbeiter, der sein Telefonat nun abbrach, fühlte sich offensichtlich genötigt mich zu bedienen, was auch durch seinen gereizten Tonfall zu erkennen war. Auf seine eigene charmante Art fragte er mich, um welche Küche es denn gehen würde. Ich erklärte ihm, welche Küche ich kaufen wollte, verwies auf das neue 3D-Programm, mit dem das Unternehmen warb, und gab zu verstehen, dass ich grob schon alles durchgemessen hätte. Nachdem ich meinen Wunsch, das 3D-Programm nutzen zu wollen, geäußert hatte, fragte er mich, ob ich die Küche denn dann auch kaufen würde, was mich doch sehr erstaunte, denn wie konnte ich das wissen, ohne den Entwurf vorher gesehen zu haben? Schließlich war das Programm doch zunächst einmal dafür gedacht alles zu planen, vielleicht ergaben sich dabei ja Hindernisse, die ich jetzt noch nicht voraussehen konnte. Also gab ich ihm zu verstehen, dass ich eine Kaufentscheidung erst fällen könne, wenn ich alles gesehen hätte.

An seinen immer schmaler werdenden Lippen konnte ich erkennen, dass ich in seinen Augen offenbar ein zäher Kunde war, der sich nicht so schnell von einer Beratung abbringen lassen wollte. Aber um mich und mein Geld wieder loszuwerden, hatte er ja noch einen letzten Trumpf im Ärmel:Er klärte mich darüber auf, dass das Erstellen der Küche mit dem 3D-Programm mindestens 30 Minuten dauern würde. So langsam verstand ich die Verkaufswelt nicht mehr, denn ich hatte das Gefühl, man wollte mir partout nichts verkaufen und empfand mich mittlerweile eher als Störfaktor. Dennoch versuchte ich es noch einmal und gab dem Verkäufer zu verstehen, dass ich Zeit einkalkuliert hätte, schließlich kaufe ich ja keine Bettdecke sondern eine Küche und da erschien es mir nur logisch, dass das ein wenig Zeit in Anspruch nehmen würde. Kaum hatte ich es gesagt, setzte der Verkäufer zum finalen Dolchstoß an; ich hörte noch, wie er sagte, dass er aber keine Küche planen würde, wenn ich vorher nicht zustimme, diese dann auch zu kaufen.

Nun platzte mir der Kragen. Ich weiß nicht mehr genau, ob es damals schon die Werbefigur *Petra Porta* gegeben hat, aber wenn hätte ihr am liebsten den Hals umgedreht. Was für eine Frechheit! Ich hatte einfach keine Chance meine Küche zu kaufen. Der Verkäufer argumentierten so lange gegen mich, dass auch ich letztlich zum finalen Dolchstoß ansetzte: Ich schaute auf meine Uhr und sah, dass es inzwischen kurz nach eins war, offenbar die gewohnte Kantinenzeit der Mitarbeiter, in der ich als Kunde maßlos störte. Ich entschuldigte mich bei ihm für meine Dummheit eine Küche kaufen zu wollen und sagte ihm, dass er doch einfach Pause machen solle!

Innerlich kochend vor Wut über so viel Unverschämtheit verließ ich das Möbelhaus und verfluchte es. Was musste man sich als Kunde nicht alles gefallen lassen. Oder aber: Was ließ man sich als Kunde nicht alles gefallen? War ich etwa selber schuld? Hätte ich einfach auf den Tisch hauen oder mir den Geschäftsführer holen lassen sollen? Plötzlich kam mir das gescheiterte Verkaufsgespräch mit dem *Portas*-Mitarbeiter in den Sinn und mein vielleicht nicht passendes Outfit in Form eines Bademantels. Ich schaute an mir herunter, aber nein: daran konnte es diesmal nicht gelegen haben. Ich überlegte hin und her: Was, bitteschön, war da gerade schiefgelaufen?

Da ich ja schon länger mit dem Gedanken an eine neue Küche spielte und diese nun auch gefunden hatte, wollte ich mich einfach nicht geschlagen geben. Gute zwei Stunden später machte ich mich erneut in Richtung Möbelhaus auf – ich wollte diese Küche und ich wollte den Geschäftsführer, mindestens aber den Abteilungsleiter sprechen. Irgendjemand musste denen doch mal schildern, was in der Küchenabteilung so los ist.
Gegen 16.00 Uhr schlug ich also erneut in dem Möbelhaus auf. Ich fand die Uhrzeit äußerst clever, denn falls es eine Kaffee-

pause gab, so hoffte ich, dass diese inzwischen von allen Verkäufern abgefeiert worden war und bis zum Feierabend sollte es nach meiner Einschätzung noch etwas dauern.

Wieder am Informationsschalter angekommen fand ich diesen nun völlig verweist vor. Von einem Berater war weit und breit keine Spur. Niemand der die Zeitung las, niemand telefonierte und niemand machte Notizen auf einem Klemmbrett. Nanu, war mein Zeitplan so unrealistisch gewesen? Auch von Kunden war weit und breit nichts zu sehen. Ich drehte mich suchend um und sah plötzlich eine Verkäuferin vor mir, die ich mittags zuvor nicht gesehen hatte. Sie fragte mich lächelnd ob sie mir helfen könne und ich gab ihr zu verstehen, dass ich einerseits den Abteilungsleiter sprechen und außerdem eine Küche kaufen wollte, was erfahrungsgemäß aber sehr schwierig zu sein schien. Sie schaute mich an und fragte, ob ich heute nicht schon einmal hier gewesen wäre, was mich natürlich hellhörig machte. Nachdem ich ihr erklärte, dass ihre Vermutung richtig gewesen sei, rechnete ich nun mit einer erneuten niederschmetternden Erfahrung aus dem Kapitel *Kundenberatung*. Aber nein, ich traute meinen Ohren kaum: Flüsternd gab sie mir zu verstehen, dass sie die Situation am Mittag mitbekommen und das Verhalten ihrer Kollegen unmöglich gefunden hätte. Es gab sie also doch noch: Gerechtigkeit beziehungsweise Genugtuung. Selbst die eigene Kollegin rüffelte das Verhalten vom Mittag und bot mir an, meine gewünschte Küchenplanung sofort durchzuführen.

Was soll ich sagen, die Planung dauerte in der Tat eine gute halbe Stunde. Gekauft habe ich die Küche dann natürlich auch und der 3D-Ausdruck hing sechs Wochen an meinem alten Kühlschrank, so konnte ich meine neue Küche jeden Tag sehen, was mir die sechswöchige Wartezeit verkürzte. In diesen sechs Wochen konnte ich aber noch nicht ahnen, was sich am Montagetermin abspielen sollte! Rückblickend betrachtet kann ich diese Situation von damals immer noch nicht nachvollziehen. Mir ist es auch ein Rätsel, wie Verkäufer so mit ihren Kunden umgehen können. Allerdings kann ich hinzufügen, dass die uns allen bekannte Möbelkette diesen Kölner Standort schon vor Jahren geschlossen hat, was natürlich nichts mit dem Personal oder schlechter, beziehungsweise gar keiner Beratung zu tun hat. Sicherlich wussten die Kunden die tollen Angebote einfach nicht zu schätzen.

8. Die Küche kommt – teilweise

Hat man sich eine neue Küche gekauft, so erscheint die meist sechswöchige Wartezeit unendlich lang. Nach zwei bis drei Wochen, hat man sich dann mit seiner alten Küche wieder abgefunden, wenn es aber nur noch zwei Wochen sind, dann zählt man die Tage und wartet täglich auf die Post des Möbelhauses mit den entscheidenden Worten: ... *freuen wir uns Ihnen mitteilen zu können, dass* ... Dass sich am Ende aber nicht alle freuen können, man selbst womöglich am wenigsten, daran mag man in diesem Moment natürlich noch nicht denken.

Wie gesagt, mein Küchenkauf war mit einigen Anlaufschwierigkeiten verbunden, auch sollte die Vorbereitung der Küchenmontage nicht ganz ohne Probleme laufen. Meine alte Küchenzeile konnte ich zwar noch für 200,- DM an eine Kassiererin meines Supermarktes verkaufen, auch liefen die Malerarbeiten in der Küche reibungslos, doch beim Verlegen des neuen Laminatbodens kam es zu einem gehörigen Wasserschaden. Nachdem der Tischler nicht nur meine Küche mit hellem Buchenlaminat ausgelegt hatte, sondern auch den Flur und das Wohnzimmer, musste er als abschließende Arbeit nur noch drei Fußleisten anbringen, dann sollte alles fertig sein. Man könnte meinen, ich hätte mir die folgende Szene ausgedacht, in einem Loriot-Film wäre sie auch wirklich sehr heiter gewesen, doch in meinem realen Leben war mir von 0 auf 100 zum Heulen zumute. Es passierte, was passieren musste, denn nachdem der Tischler die Fußleisten in Küche und Wohnzimmer angeschraubt hatte fehlte nur noch die Leiste am Übergang vom Flur ins im Badezimmer. Kaum war die Länge abgemessen und die Leiste entsprechend gekürzt, setzte der Tischler auch schon zum Bohren der vier benötigten Löcher im Boden an. Loch eins – fertig, Loch zwei – fertig, Loch drei – Wasser Marsch!

Plötzlich hörte man zwei Schreie in meinem Wohnungsflur. Der erste kam vom Tischler, der zweite etwas zeitverzögert von mir selbst. Welch unglaubliches Pech: Da hatte der Tischler zum Abschluss aller Arbeiten beim Bohren des dritten Loches doch tatsächlich ein Wasserrohr angebohrt! Sofort schoss das Wasser gut 50 cm in die Höhe und nun schien zwar nicht die Welt, aber zumindest meine Wohnung unterzugehen. So schnell wie das Wasser schoss, sprudelte und sich seinen Weg suchte, so schnell konnte ich gar nicht handeln – da es ein typischer Altbau war und ich mir auch nie Gedanken darüber gemacht hatte, wo man das Wasser im Notfall abstellen konnte, verging eine gewisse Zeit, bis wir den Haupthahn im Keller gefunden hatten.

Um die Geschichte hier nicht zu lang werden zu lassen: Das Wasser suchte sich seinen Weg ins Wohnzimmer und stand an einigen Stellen zwei Zentimeter hoch. Im Flur war eigenartigerweise wenig zu sehen, man konnte aber erkennen, dass sich das Wasser seinen Weg unter dem Boden Richtung Küche gesucht hatte und auch hier quoll es schon durch die Ritzen des frisch verlegten Laminatbodens. Ich weiß noch wie ich zusammensackte und kurze Zeit später unter Schock meine Versicherung anrief, um mich zu erkundigen, was ich alles beachten müsse.

Am Ende des Tages war das Loch im Rohr irgendwann wieder gestopft und der komplette Boden aus dem Flur wieder rausgerissen. Wie sich der Boden in Küche und Wohnzimmer verhalten würde, das wollten wir ein bis zwei Tage beobachten. Toll, in zwei Tagen sollte meine neue Küche geliefert werden.

Die folgenden zwei Tage zeigten, dass wir einem größeren Wasserschaden offensichtlich entgangen waren. Im Flur wurde der Boden komplett neu verlegt und der Tischler entschuldigte sich immer und immer wieder dafür, dass ihm das passiert sei, weigerte sich nun aber, eine neue Fußleiste zwischen Flur und Bad anzuschrauben. Das Risiko, erneut ein Wasserrohr zu treffen, war ihm einfach zu groß.

Als endlich der Tag der Küchenlieferung gekommen war, lief mir morgens noch einmal das ganze Prozedere, angefangen vom *Portas*-Berater, über den Küchenkauf, bis hin zum Wasserschaden vor meinem inneren Auge ab. Inzwischen konnte ich aber etwas Schmunzeln, musste bezüglich der gleich folgenden Küchenlieferung und Montage aber auch an die Worte eines Freundes denken, den ich am Abend zuvor getroffen hatte. Was sagte er doch zu mir? »Peter, eine Küchenlieferung klappt nie beim ersten Mal, die kommen meistens ein zweites und drittes Mal!«
Nein, an solche Prophezeiungen wollte ich nun gar nicht denken. Nachdem im Vorfeld so viel schiefgelaufen war, musste es heute einfach klappen. Auch auf den angeblich häufigsten Fehler bei der Küchenmontage, das maßgerechte Herausschneiden der Mulde für das Waschbecken, war ich vorbereitet. Hier wollte ich

genau aufpassen und die Monteure zur Not auch daran erinnern, das Loch kleiner zu bohren, als das Waschbecken sei, auch wenn ich mich dadurch unbeliebt machen würde.

Die Monteure kamen pünktlich um neun Uhr und obwohl sie nur zu zweit waren, erkannte ich sofort, dass auch die Montage schnell vonstattengehen würde: ihre Handgriffe sahen geschult und eingespielt aus – so viel Glück konnte ich nicht fassen. Inklusive Herd und Waschbecken bestand meine Küche aus insgesamt fünf Unterschränken sowie einer Dunstabzugshaube, drei Hängeschränken und einem Regalbrett.

Alles in allem ging die Montage zügig voran. Bis ... ja, bis es zur Montage der Arbeitsplatte kam, bei der ich ja unbedingt aufpassen wollte. Um beim Zusägen keinen Dreck in meiner Wohnung zu machen, sägten die Monteure die Löcher für den Herd und das Waschbecken vor ihrem Lieferwagen auf der Straße aus. Lachend versprachen sie mir, dass sie sich auch nicht vermessen würden. Wer konnte in diesem Moment ahnen, dass das Wort *vermessen* in wenigen Augenblicken noch das entscheidende Wort werden würde?

Nach einer guten halben Stunde kamen die Monteure mit der zugeschnittenen Arbeitsplatte zurück in meine Küche. Auf den ersten Blick sah alles wunderbar aus, doch gleich würde sich entscheiden, ob die Löcher nicht zu groß wären und das Waschbecken somit nicht auf dem Rand aufliegen, sondern durchfallen würde. Geschickt legten die Monteure die Platte an der linken Wand an, sodass die Mulde perfekt über dem Waschtisch lag und man sich gut vorstellen konnte, wie nur noch das Waschbecken hineingelegt werden musste und sich darin einfügte.

Neben dem Loch war ein wenig Arbeitsfläche und gleich daneben das zweite Loch für den Herd. Alles schien perfekt zu passen, doch was war das? Ich konnte es nicht glauben: was bitteschön war an der rechten Außenseite passiert? Es fehlte ein Stück Arbeitsplatte. Die Arbeitsplatte war doch tatsächlich einen halben Meter zu kurz geschnitten und verdeckte nicht den darunterliegenden Schrank! In diesem Moment gingen mir wieder die Worte des Freundes durch den Kopf, der ja sagte, dass eine Küchenlieferung beim ersten Liefertermin nie klappen würde. Nun holte mich diese böse Theorie tatsächlich ein. Von den Monteuren erfuhr ich, dass die einzige Möglichkeit sei, eine neue Arbeitsplatte zu bestellen, natürlich würde die Lieferzeit hierfür, Sie ahnen es schon, auch sechs Wochen betragen. – Die Zeitangabe *sechs Wochen* war in der Möbelindustrie offenbar eine unausweichliche Größe. Auf was alles musste ich in meinem Leben nicht schon ganze sechs Wochen warten? Aber gut, es half ja nichts, die Monteure bauten die Küche komplett auf, schlossen sowohl Wasser als auch den Herd an und über die 50 cm breite Lücke an der rechten Seite meiner neuen Arbeitsplatte legte ich ein Tablett, sodass das Loch erst einmal nicht mehr zu sehen war. Natürlich fragte ich mich noch, wer diesen Fehler eigentlich zu verschulden hatte: Hatte ich falsch gemessen oder hat der Küchenberater damals ein falsches Maß notiert? Es war müßig dieses nach einer sechswöchigen Wartezeit zu rekonstruieren, die neue Platte war bestellt und weitere sechs Wochen sollten ins Land gehen.

Obwohl man sich auch an eine zu kurze Arbeitsplatte gewöhnen kann, sehnte ich den Tag der passgenauen Platte doch sehr herbei. Es war wieder einmal morgens um neun Uhr, als die Küchenmonteure meine Küche perfekt machen wollten.

Um alles schnell abwickeln zu können einigten wir uns darauf, dass sie zunächst die kurze Platte abmontieren, um so die bestehenden Löcher für Herd und Waschbecken auf die neue Platte übertragen zu können. Gesagt, getan. Schnell war die alte Platte demontiert und vor die Tür getragen. Durch mein Wohnzimmerfenster konnte ich beobachten, wie sie die alte Platte auf die neue legten, die Löcher einzeichneten und zum Sägen ansetzten. Wunderbar, nun schien alles auf ein gutes Ende zuzusteuern.

Da irgendwann keine Sägegeräusche mehr zu hören waren, konnte man davon ausgehen, dass die fertige Platte nur noch in die Wohnung getragen werden musste. Da ich schon die Stimmen der Monteure im Treppenhaus hörte, konnte es sich nun also nur noch um Sekunden handeln. Wenige Minuten später standen beide Monteure schnaufend in meiner Wohnung. Klar, so eine dreieinhalb Meter lange Holzplatte brachte ein stolzes Gewicht auf die Waage und rief sicherlich ein paar Schweißtropfen hervor, aber wo war sie eigentlich meine Platte? Wo war meine Arbeitsplatte?

Ich erfuhr, dass es ein Problem geben würde und zuckte beim Wort *Problem* leicht zusammen. Offensichtlich war meine neue Arbeitsplatte für den Transport durch das Treppenhaus ganze 50 cm zu lang, also genau die Länge, auf die ich sechs Wochen gewartet hatte.

Was also tun? Die alte Platte war zu kurz für die Küche, die neue zu lang für das Treppenhaus. Konnte man so viel Pech beim Kauf einer Küche haben? Offensichtlich schon!

Nach einer kleinen Beratung hielten wir es für das Beste die zu kurze Platte, die ja inzwischen abmontiert vor der Tür stand, wieder hochzuholen, anzumontieren und von der neuen Platte einfach 50 cm abzusägen, um diese dann an die kurze anzuleimen. Irgendwie fühlte ich mich bei so viel Stück- und Puzzlewerk ebenfalls geleimt, aber was konnte man anderes tun?

Irgendwann war dann alles wieder verschraubt und auch geleimt. Die Naht zwischen den beiden Platten fiel nicht großartig auf, aber natürlich schaute man danach immer genau auf diese Stelle.

Sie sehen: Die Anschaffung einer Küchen kann von der Planung, über den Kauf bis hin zur Montage eine große Pleiten-, Pech- und Pannen-Angelegenheit werden.

Sie planen auch gerade eine Küche? Denken Sie daran: *Das klappt nie beim ersten Mal!*

9. Erlesene Zutaten

Wie hieß es in einem Sketch von Loriot noch? *Das kann vorkommen, aber es darf nicht vorkommen!* Genauso kann man die Situation beschreiben, als ich eines Abends einfach nur einen gekauften Nudelsalat genießen wollte. Auf der Verpackung wurde einem dieser Genuss jedenfalls durch den Inhalt erlesener Zutaten versprochen.

Die Erfahrung, die ich Ihnen jetzt schildere, ist vielen von Ihnen sicherlich auch schon einmal passiert. Ich möchte hier auch nicht als Nörgler oder Querulant rüberkommen; mir ist klar, dass auch ich Fehler in meinem Beruf mache, gemacht habe und zukünftig wohl auch machen werde. Allerdings wird mir das von Kundenseite auch unmittelbar mitgeteilt, denn der Kunde zahlt für meine Dienstleistung, also darf er diese fehlerfrei erwarten. Also warum sollten Sie und ich, wenn wir ein Produkt kaufen, dieses nicht auch fehlerfrei erwarten?

Wie oft haben wir uns schon über etwas geärgert und uns vorgenommen, spätesten am nächsten Tag etwas dagegen zu unternehmen, z. B. in Form eines Beschwerdebriefes oder dergleichen? Am nächsten Tag ist der Ärger dann aber meist verflogen oder man hat genug andere Dinge zu tun. Auch mir geht das so, aber manchmal, da überkommt es mich, da muss ich einfach einen kritischen Brief schreiben. Allerdings hatte ich ja schon einmal bemerkt, dass ich dieses persönlich gar nicht als Kritisieren oder Meckern ansehe, für mich ist das einfach nur Unternehmensberatung – und zwar kostenlos! Wie viele

Unternehmen holen sich hoch bezahlte Unternehmensberater ins Haus, um Missstände aufzudecken? Wie gesagt: Ich mache das kostenlos!

Nun aber zum angekündigten Fall mit erlesenen Zutaten in meinem Nudelsalat: Als ich eines schönen abends beim Fernsehen eine gekaufte Plastikschale mit Nudelsalat öffnete, war mein Heißhunger auf diesen Salat doch sehr groß. Mit diesen Fertigsalaten ist es wie mit *McDonalds*: Alle wollen wir uns gesund und fettfrei ernähren, aber manchmal ... manchmal muss es einfach so ein Burger mit Pommes und *Chicken McNuggets* sein. Genauso ist das bei mir mit Fertigsalaten: Ich kaufe sie ungern und auch selten, aber wenn ich sie esse, dann sind sie absolut lecker. Kaum habe ich sie gegessen, kommt auch schon das schlechte Gewissen – ein Teufelskreis.

Beim Verzehr des besagten Nudelsalates, dessen Verpackung viele *erlesene Zutaten* ankündigte, machte es jedoch plötzlich *Knack* und ich verspürte einen mehr als unangenehmen Schmerz im Mund. Trotzdem mein Gesicht verzerrt und mein Mund voll von zerkautem Nudelsalat war, konnte ich mit meiner Zunge einen äußerst harten Fremdkörper in meinem Mund ertasten. Spontan hoffte ich, dass dieses Fundstück keine Plombe oder gar ein abgebrochener Zahn sein möge. Nachdem ich den harten und inzwischen als rund definierten Fremdkörper aus der breiigen Mayonnaisemasse befreit hatte, konnte ich beruhigt feststellen, dass es sich hierbei weder um einen Zahn, noch um eine Plombe handelte. Offenbar hatte sich *nur* eine unreife Erbse, die inzwischen steinhart geworden war, in den Salat geschmuggelt.

Wie schon einmal angedeutet: so was kann passieren; aber im selben Moment dachte ich auch: Warum musste mir das nun wieder passieren? Wurden mir nicht *erlesene Zutaten* versprochen? Und erzählt man uns nicht ständig etwas von Qualitätskontrollen? Loriot hatte in meinen Augen recht: *So etwas kann vorkommen, darf es aber nicht!*

Da ich schon lange keinen konstruktiven Brief mehr an ein Unternehmen geschickt hatte, beschloss ich, dass es dafür wieder einmal Zeit wäre. Schließlich musste die Firma, die diesen Nudelsalat herstellte, doch wissen, welche Gefahrenquellen in ihrem Salat lauerten. Hätte ich mir eine Plombe rausgehauen oder einen Zahn abgebrochen, hätte ich, um nicht auf den Zahnarztkosten sitzen zu bleiben, sicherlich erst nachweisen müssen, dass hierfür der Nudelsalat verantwortlich gewesen ist. Gleich am nächsten Tag schrieb ich also einen, nennen wir es mal *Informationsbrief* an das Unternehmen. Ich verwies auf die angekündigten *erlesenen Zutaten* und das, was sich tatsächlich in dem Salat befinden würde. Damit man die viel gelobte Qualitätskontrolle weiterhin verbessern konnte und das Unternehmen überhaupt wusste, worüber ich schreibe, klebte ich das Corpus Delicti, also die harte Erbse, zum besseren Verständnis mit einem Streifen Klebeband gleich mit in den Brief.
Gerne wiederhole ich noch einmal, dass ich es ja wirklich nur gut gemeint hatte. Vielleicht könnte durch meinen kurzen Brief ja verhindert werden, dass sich in Zukunft irgendjemand beim Verzehr des gleichen Salates einen Zahn abbräche. Schon wäre die Welt ein bisschen sicherer.

Nach meinem Schreiben hatte ich insgeheim ja auf eine Antwort des Salatherstellers gewartet und siehe da: Nach zwei Wochen fand ich einen DIN-A5-Umschlag in meinem Briefkasten und erkannte natürlich sofort, dass dies offensichtlich die Antwort auf mein Fundstück war. Aber was sollte mir nun das Format DIN-A5 sagen? Ein einfaches Dankeschön für meine Information hätte sicherlich auch in einen Standardbriefumschlag gepasst.

Voller Spannung eilte ich in meine Wohnung und war auf das gespannt, was sich wohl im Umschlag befinden würde. Spontan fielen mir all die Dinge ein, die ich bislang für ähnliche Briefe bekommen hatte.

Als ich den Umschlag öffnete segelte mir eine Karte entgegen, die ich zunächst nicht weiter beachtete, und widmete mich dem Schreiben des Nudelsalatherstellers; es interessierte mich brennend, ob ich eine individuelle Antwort oder einfach nur ein Standardschreiben erhielt.

Wer hätte es gedacht: in einem Fünfzeiler bedankte man sich für mein Schreiben, entschuldigte sich für die steinharte Erbse, die wirklich nichts in dem Salat zu suchen hatte, und kündigte an, in Zukunft noch mehr Sorgfalt bei der Qualitätskontrolle walten zu lassen. Man verwies als Entschädigung auf den beigefügten Einkaufsgutschein und hoffte darauf, dass ich die Sache damit als erledigt ansehe.

Wer sagt's denn: Mein kleiner Schriftverkehr hatte wieder einmal Wirkung gezeigt. Man darf hier aber nicht vergessen, dass ich keinerlei Forderungen an das Unternehmen gestellt hatte. Das Unternehmen hatte selbst entschieden, mich mit einem Einkaufsgutschein in Höhe von 5,- € zu entschädigen. Nun mag man denken, dass das nicht viel gewesen ist, berücksichtigt man aber, dass die Schale Nudelsalat 1,79 € gekostet hatte und das Porto für den Brief 0,60 €, kann man von einer Gewinnsteigerung von über 100 Prozent sprechen und das in nicht einmal vier Wochen. An der Börse wäre das geradezu eine Sensation gewesen!

Also, finden auch Sie einmal etwas in Ihren Lebensmitteln, was dort augenscheinlich nicht hineingehört, suchen Sie sich einfach die Adresse auf der Internetseite des Unternehmens und schicken Ihr Fundstück mit einem netten Anschreiben an die Marketingabteilung. Machen auch Sie Unternehmensberatung, und zwar kostenlos. Oftmals gibt es eine schöne Prämie.

10. Blödes Pack

Wie heißt es doch so schön in einem Sprichwort? *Pack schlägt sich, Pack verträgt sich.* Dass dieses Sprichwort aber auch einmal zwischen Kunden und Verkäufern eine Verwendung findet sollte, daran hätte ich in meinen kühnsten Träumen nicht zu denken gewagt.

Wie ich nun schon des Öfteren geschildert habe, lässt sich der Kunde oftmals viel zu viele Unverschämtheiten bieten. Im Stillen hoffe ich natürlich, dass Sie meine persönlichen Erfahrungen inzwischen ein wenig ermutigt haben, dass auch Sie in Zukunft den Mund aufmachen, sofern Sie sich schlecht, falsch oder unfreundlichen beraten fühlen.

Im folgenden Fall war ein Verkäufer, natürlich musste ich diese Erfahrung wieder in einem Kölner Möbelhaus, beziehungsweise einer Elektroabteilung für Kühlschränke machen, so mit der Bedienung der Kunden überfordert, dass er sich dazu hinreißen ließ ... lesen und staunen Sie einfach selbst.

Es war mal wieder soweit: Nachdem ich inzwischen sieben lange Jahre in Köln lebte, musste ich meine geliebte Wohnung im Belgischen Viertel, ein Umzug innerhalb Kölns lag inzwischen hinter mir, leider wieder verlassen. Meine Einbauküche, die Sie aus einer der vorherigen Geschichten ja schon kennen, war für die neue Wohnung in Köln-Ehrenfeld leider zu groß, also überließ ich diese meinem Nachmieter und musste für die neue leer stehende Küche, wieder einmal ans Einrichten gehen.

Da mir der Schnitt der neuen Küche etwas unglücklich erschien, entschied ich mich dazu, einen frei stehenden Kühlschrank zu kaufen und bekam von einem Freund den Tipp, dass die Firma *Harbeke* in Köln immer wunderbare Angebote hätte. Dankend nahm ich diesen Tipp an und fuhr an einem herrlichen Novembernachmittag zum besagten Fachhändler für Hausgeräte. Als ich den Parkplatz in einem Innenhof der Firma erreichte, musste ich mich zunächst einmal orientieren, denn offenbar befanden sich Verkaufsraum und Büro in zwei unterschiedlichen Gebäuden, was mir zunächst aber nicht wichtig erschien. Der aufmerksame Leser wird an dieser Stelle sicherlich schon bemerkt haben, dass das Wort *zunächst* noch eine sehr große Rolle spielen sollte.

Also machte ich mich auf in Richtung Verkaufsraum und musste feststellen, dass der Laden doch recht gut besucht war. Innerlich stellte ich mich also auf eine kleine Wartezeit ein. Durch ein Schild erfuhr ich, dass die Kühlschrankabteilung im Kellergeschoss zu finden war, also folgte ich der Beschilderung und befand mich umgehend im Ausstellungsbereich. Nachdem ich schon im Erdgeschoss eine große Kundenzahl bemerkt hatte, musste ich leider auch im Keller feststellen, dass heute wohl jeder einen Kühlschrank kaufen wollte. So stöberten mindestens 20 Kunden durch die Ausstellung, doch irgendetwas schien hier zu fehlen: Richtig, ein Verkäufer! Ein Verkäufer war nirgends zu sehen. *Nun gut*, dachte ich, *ich suche einen Kühlschrank, das werde ich schon alleine schaffen. Sofern ich fündig geworden bin, suche ich danach einfach auch noch einen Verkäufer.*

Da ich mich schon vor dem Kauf über Energieklassen und alles Wichtige zum Thema *Kühlschränke* informiert hatte, ging die

Suche relativ schnell. Ich entschied mich für eine klassische Kühl-/Gefrierkombination mit einer offensichtlich sparsamen Energieklasse und brauchte jetzt nur noch einen Verkäufer. Während der Suche nach einem passenden Kühlschrank hatte ich inzwischen bemerkt, dass es scheinbar nur einen einzigen Berater in der ganzen Abteilung gab, sodass sich immer etwa vier Kunden, die gerade nicht von ihm bedient wurden, in seiner unmittelbaren Nähe aufhielten. So hatten sie eine gute Chance, ihn sofort ansprechen zu können, sofern das aktuelle Kundengespräch beendet war. Würde hier die viel belächelte Handtuchregel aus dem Urlaub gelten, so hätte der Verkäufer sicherlich schon von einem Kunden ein Handtuch auf seinen Rücken gelegt bekommen, um so anzuzeigen, dass der Verkäufer besetzt sei.

Da es offenbar gar nicht so leicht war einen Berater zu finden, folgte ich wieder einem Hinweisschild, das einem den Weg zu einem Informationsschalter anzeigte. Dort angekommen wurde meine Hoffnung schnell getrübt, denn offenbar wollten vor mir auch noch fünf andere Kunden eine Beratung. Dazu kam, dass ich sofort eine komische Atmosphäre verspürte. Es war zwar ein Berater anwesend, der auch tatsächlich einen Kunden beriet, doch hinter der Theke war ein Berater, der gerade in einem Telefongespräch steckte, welches aber relativ laut geführt wurde und auch der Gesichtsausdruck des Mitarbeiters versprach nichts Heiteres. Es war schon eine gespenstische Situation: Keiner der wartenden Kunden sprach oder wagte etwas zu sagen, alle verfolgten nur das Telefonat beziehungsweise den Monolog des Verkäufers und innerlich dachte ich, dass ich von diesem Verkäufer eigentlich gar nicht bedient werden wollte.

Inzwischen hatte sich auch sein Kollege, der mitten in einem Kundengespräch war, mit diesem vom Infostand entfernt, offenbar war auch ihm die Situation schon unangenehm.

Dann endlich hörte man den Telefonhörer in die Gabel knallen, was ein wirklich sehr lautes Geräusch verursachte und uns Kunden noch ein wenig mehr einschüchterte. Nun schaute der Verkäufer – eigentlich schnaufte er mehr, als dass er schaute – mit seinem rot angelaufenen Gesicht in die Runde und fragte uns mehr schreiend als sprechend, wer denn jetzt an der Reihe wäre. Diesen Tonfall nahm einer der Kunden zum Anlass, den Informationsstand mit den Worten zu verlassen, dass er sich das nicht weiter antun müsse. Offenbar verstand der Verkäufer dieses als persönlichen Angriff und schrie ihm hinterher, dass er doch einfach woanders hingehen solle. Auch konnte er sich nicht verkneifen uns verbliebenen Kunden – inzwischen hatte sich unsere Gruppe aus fünf Kunden ja auf drei dezimiert – mitzuteilen, dass er heute noch nicht einmal Zeit gefunden habe eine Mittagspause zu machen.

Zu unser aller Unglück klingelte dann auch noch das Telefon, welches von ihm mit einem Schimpfwort bedacht wurde. Dieses wiederum nahm nun einer der noch verbliebenen Kunden zum Anlass, ebenfalls das Weite zu suchen. Zunächst dachte ich, dass sich die Wartezeit, wenn das so weitergehen würde, ja schneller verkürzt hatte als gedacht, denn nun warteten vor mir statt vier Kunden gerade einmal noch zwei. Der aufs Äußerste gereizte Verkäufer ließ das Telefon vor dem Abheben des Hörers dreimal klingeln und schrie dann: »Ja! Was ist jetzt schon wieder los?« Oh, dachte ich, das ist ja auch mal eine nette Art seine Kunden zu begrüßen. Danach konnte man noch sehr deutlich hören, wie er seinem Gegenüber schreiend zu verstehen gab, dass er dieses und jenes nicht wüsste, dies aber auch schon gestern gesagt hätte, man solle doch einfach mal zuhören und die Ohren aufmachen. Dann knallte er den Hörer wieder auf und schickte noch ein *blödes Pack* hinterher.

Nun reichte es auch mir. Davon ausgehend, dass hier gerade ein Kunde angerufen hatte und dieser nach Beendigung des Telefonates als *blödes Pack* bezeichnet wurde, beschloss auch ich, den Laden sofort zu verlassen. In Richtung des anderen Kunden sagte ich noch, dass mein Bedarf an *guter Beratung* nun gedeckt sei, wünschte ihm viel Glück und machte mich verärgert auf in Richtung Erdgeschoss. Oben angekommen sah ich auf dem Weg zum Ausgang einen weiteren Informationsschalter und hatte plötzlich das Bedürfnis, das gerade Erlebte zu erzählen, mit dem Hinweis, dass ich meinen Kühlschrank nun lieber woanders kaufen werde und man diese Umsatzeinbuße gerne dem netten Kollegen zuschreiben könne. Irgendwie hatte ich aber das Gefühl, dass die junge Mitarbeiterin sich so gar nicht für meine Geschichte interessierte. Sie versprach zwar es weitergeben zu wollen, aber in ihren Augen konnte ich auch ein unmotiviertes *Bla-Bla-Bla* erkennen.

Weiterhin verärgert über so viel Frechheit dem Kunden gegenüber verließ ich die Verkaufshalle Richtung Auto und sah, auf dem Parkplatz angekommen, wieder das gegenüberliegende Verwaltungsgebäude. Davon ausgehend, dass die Mitarbeiterin, der ich meinen Ärger gerade mitgeteilt hatte, diesen eben nicht weitergeben würde, ging ich guten Mutes zum Nebengebäude und sah glücklicherweise ein Schild mit dem Aufdruck *Kundenannahme*. Hier wollte ich nun einmal mitteilen, was man sich in diesem Hause als Kunde so alles anhören musste, beziehungsweise, dass Kunden hinter ihrem Rücken als *blödes Pack* bezeichnet wurden, und zwar so, dass es andere Kunden auch noch hören konnten. Sicherlich freute man sich über diese Information, denn woher sollte man im Verwaltungsgebäude sonst wissen, wie es draußen an der Front, also im Verkaufsraum, zuging?

Im Büro angekommen wurde ich sofort von einer Mitarbeiterin in Empfang genommen und gefragt, wie sie mir helfen könne. Ich schilderte ihr kurz meine erlebte Situation, erwähnte noch nicht das Schlagwort *blödes Pack*, nannte ihr aber den Namen des Kollegen, der ja an seinem Kittel stand und den ich mir gemerkt hatte. Sie dankte mir schmunzelnd für die Information und gab zu verstehen, dass dieser Kollege des Öfteren etwas cholerisch sei und sie vor ein paar Minuten gerade mit ihm telefoniert und er auch bei ihr einfach den Hörer aufgeknallt hätte. Was für ein Zufall. Dann war es also meine Gesprächspartnerin, die gerade mit dem Mitarbeiter telefoniert hatte, der es binnen weniger Minuten geschafft hatte, mindestens drei Kunden in die Flucht zu schlagen. Ich sagte ihr, dass es sie dann ja sicherlich interessieren würde, was ihr Kollege für alle hörbar nach dem Auflegen des Hörers sagte. Sofort verwandelte sich ihr bis dato freundlich wirkendes Gesicht in ein erwartungsvolles und zugleich aufs Äußerste gefasstes. Ich kam nicht umhin, ihr die Geschichte mit dem *blöden Pack* zu erzählen, und sah ihre Enttäuschung sofort. Eine Kollegin, die unser Gespräch mitbekommen hatte schüttelte nur den Kopf und gab unmissverständlich ihre Missachtung über den Verkäufer preis. Die betroffene Kollegin wiederum bedankte sich bei mir für die Information und ich machte mich auf den Weg nach Hause.

Das Erlebnis ließ mir für die nächsten Stunden keine Ruhe, auch hatte ich das Gefühl, dass die Mitarbeiterin, der ich die Geschichte erzählt hatte, zu schüchtern sei, um sich hier selber zu wehren und irgendwie überkam mich das *Robin-Hood-Syndrom*. Noch am selben Abend schrieb ich einen Brief an die Geschäftsführung des Unternehmens, ich konnte und wollte nicht glauben, dass diese nicht interessiert, was in den eigenen Verkaufsräumen vor sich ging.

Nach gut drei Wochen bekam ich ein Päckchen in einer ungewöhnlichen Form. Als ich den Absender erblickte fiel mir sofort wieder mein Schreiben wegen meines verunglückten Kühlschrankkaufes ein und im Stillen hatte ich seit Tagen mit einer Reaktion gerechnet.

Die Geschäftsführung des Unternehmens dankte mir für meinen Brief und verwies auf den vorweihnachtlichen Trubel und die Hektik, die da schon mal entstehen könne. Natürlich war man über das Verhalten des Mitarbeiters nicht glücklich, nahm ihn aber dahin gehend in Schutz, dass er sicherlich nur einen schlechten Tag gehabt hätte. Als Entschädigung für das Erlebte und als Dank für die konstruktive Kritik erlaubte man sich, mir anbei zwei Pizzaformen zu schicken.

Interessant war für mich an dieser Stelle aber vielmehr, wie sich das Unternehmen offiziell hinter seinen Mitarbeiter stellte. Mir kam schon in den Sinn, dass es vielleicht der Juniorchef selber gewesen war, der seine Kunden und Mitarbeiter auf eine so unhöfliche Art und Weise anschrie. Auch hätte nicht ich eine Entschädigung bekommen sollen, sondern vielmehr die Mitarbeiterin, hinter deren Rücken so böse geflucht wurde. Dieses Erlebnis ist nun schon mehr als zwölf Jahre her und eine der beiden Pizzaformen habe ich auch heute noch, sodass ich bei jedem Pizzabacken beziehungsweise Aufwärmen einer Tiefkühlpizza, zwangsweise an diese Geschichte erinnert werde.

11. Die magische Luft

Sicherlich kennen auch Sie das Gefühl: Sie halten die neue Nebenkostenabrechnung Ihrer Wohnung in der Hand und sind sich sicher, dass da etwas nicht stimmen kann. Nehmen Sie dann Kontakt zum Vermieter oder Verwalter auf, erklärt dieser Ihnen natürlich, dass das alles seine Richtigkeit habe. Doch manchmal klingen die Erklärungen wie aus einem Physik- oder Zauberbuch für Anfänger.

Ich gebe schon jetzt zu, dass ich mich am Ende der nun folgenden Geschichte geschlagen geben musste. So gab es keine Erstattung meiner eventuell zu viel gezahlten Heizkosten, dafür aber eine atemberaubende Erklärung darüber, wie heiße Luft sich verhält.

Seit der ersten Nebenkostenabrechnung meiner neuen Wohnung in Köln-Ehrenfeld hatte ich stets das Gefühl, dass ich in Bezug auf das Ableseergebnis der Verdunster-Röhrchen an den Heizkörpern übervorteilt wurde. Der Grund lag auf der Hand, denn seit meinem Einzug hatte ich den Heizkörper in meiner Küche nie aufgedreht. Auch heute noch, zwölf Jahre später, wurde in meiner Küche aufgrund ihrer Größe und der Tatsache, dass sie ohne Flur direkt ans Wohnzimmer grenzt, nie geheizt. Entweder kam genügend warme Luft aus dem Wohnzimmer hinein oder es wurde alleine durchs Kochen relativ schnell warm. Dennoch: Ein nicht zu unterschätzender Verbrauch wurde eigenartigerweise immer gemessen. Vergleichbar war er mit dem in meinem Badezimmer, nur dass ich dort auch tatsächlich heizte.

Nachdem ich mich über die Ergebnisse zwei Jahre lang nur schweigend gewundert hatte, wollte ich im dritten Jahr einmal von dem Mitarbeiter, der die Röhrchen ablas, wissen, wie es zu solchen Ergebnissen kommen konnte, obwohl ich meinen Heizkörper nie nutzte. Er gab mir zu verstehen, dass dies ganz normal sei, denn das Röhrchen würde zum Beispiel auch die Wärme messen, die aus dem Backofen kommt, sobald man hier die Tür öffnen würde. Loriot hätte dieses wohl mit einem einfachen und erstaunten *Ach was?* kommentiert.

Verstand ich das gerade richtig? Wenn ich im Winter also meinen Backofen nutzte und am Ende die Tür aufließ, um mit der ausströmenden Wärme meine Küche zu heizen, dann verbrauchte ich zwar kein Heizöl, was logischerweise bezahlt werden müsste, die Verdunstungs-Röhrchen am Heizkörper reagierten aber dennoch? Das war ja ein dolles Ding! Ich konnte es erst gar nicht glauben und fragte mich, ob dies denn alles so rechtens sei. Immer war ich davon ausgegangen, dass nur mein persönlicher Ölverbrauch gemessen würde, aber nein: Nun spielten plötzlich ganz andere Faktoren eine Rolle und ich entschied, dass ich das ganze Ablesesystem infrage stellen würde.

Auch ein Jahr später hatte ich in meiner Küche wieder einen Ablesewert, obwohl ich diese nie geheizt hatte. Auch überlegte ich mir schon Tricks, wie ich dieses Röhrchen überlisten konnte. Sollte ich einfach das Fenster öffnen, sofern ich den Backofen nutzte, oder sollte ich gar den Vermieter bitten, den Heizkörper komplett zu demontieren? Dieses müsste ich aber höchstwahrscheinlich aus eigener Tasche bezahlen, was die eingesparten Heizkosten wieder in Luft auflösen würde. Es war wie verhext!

Sie kennen das vielleicht: Wenn man sich erst einmal in etwas hineingesteigert hat, dann lässt es einen so lange nicht los, bis es erledigt ist. Was meine Heizkosten anging, so standen die nun auf meiner To-do-Liste ganz weit oben.

Nachdem ich es auch ein weiteres Jahr nicht geschafft hatte, meinen real nicht vorhandenen Ölverbrauch in der Küche auch auf dem Papier sichtbar zu machen, kontaktierte ich eines Tages den Verwalter meiner Wohnung und schilderte ihm mein Anliegen. Dieser erklärte mir, dass dies ein von der Bundesregierung anerkanntes Abrechnungssystem sei und mein Verbrauch in der Küche leicht zu erklären wäre, schließlich würde sich die warme Luft aus dem Wohnzimmer den Weg in die Küche suchen und an dem Röhrchen Ablesewerte produzieren.

Hierzu müssen Sie wissen, dass den Heizkörper meines Wohnzimmers gute zweieinhalb Meter von der Küche trennen. Bis zum Ableseröhrchen selbst, das sich in der äußersten Ecke neben der Tür befindet, sind es dann noch einmal gute 50 cm. Inzwischen war mir auch klar, warum das Röhrchen genau dort in der Ecke platziert wurde, dort war es schließlich immer warm und verbuchte wahrscheinlich auch im Hochsommer dubiose Ablesewerte.

Als mir der Verwalter von dieser Wanderschaft der warmen Heizungsluft berichtete, war ich verwirrt. Hatte ich nicht schon in der Schule gelernt, dass warme Luft nach oben steigt? Offensichtlich war dies in meiner Wohnung anders. Hier strömte die warme Luft des Wohnzimmerheizkörpers also zunächst einmal 250 cm in Richtung Küche, dies natürlich alles ohne aufzusteigen und in Knöchelhöhe. Nach dem Erreichen der Küchentür legte die böse Luft sofort eine scharfe Rechtskurve in Richtung Heizungsrohr ein, an dem das Verdunstungs-Röhrchen angebracht war. Dort angekommen drehte es wahrscheinlich erst einmal zwei bis drei Runden um das Röhrchen, damit auch ja viel Verbrauch entstand, und erst dann stieg die warme Luft, so wie ich es in der Schule gelernt hatte, nach oben! Toll, ich war begeistert, nie hätte ich gedacht, dass warme Luft so raffiniert und heimtückisch sein konnte.

Nachdem ich nun also vom Verwalter wusste, wie Luft richtig reagiert und meine Heizkostenabrechnung ebenfalls richtig sei, wusste ich mir wirklich keinen Rat mehr. Offensichtlich war dies die anerkannte Methode, den Ölverbrauch von Mietern zu ermitteln. Nach all den Jahren habe ich mich hier inzwischen geschlagen gegeben und nehme das Ergebnis kommentarlos zur Kenntnis, was natürlich nicht bedeutet, dass ich es glaube, beziehungsweise nachvollziehen kann. Und so stellt sich mir jedes Jahr im Januar erneut die spannende Frage: Wie viel Heizöl habe ich nun wieder in der Küche verbraucht, obwohl ich den Heizkörper nie aufgedreht habe?

Das Thema *Heizung* sollte sich in der Wohnung, die ich zu Beginn der Heizperiode im November bezog, ohnehin zu einer etwas längeren Angelegenheit entwickeln. Nicht nur das Ableseergebnis in der Küche war mir ein Rätsel, auch schien mir der Heizkörper in meinem Schlafzimmer ein Eigenleben zu führen. Zwar heize ich mein Schlafzimmer so gut wie nie, dennoch gibt es lausige Winterabende, da empfinde ich es als recht angenehm, wenn eine gewisse Grundwärme vorhanden ist.

Nach meinem Einzug in die Wohnung bemerkte ich eines Abends, dass sich der Heizkörper gar nicht mehr zudrehen ließ, was nicht nur eine unangenehme Wärme nach sich zog, auch würde es meine Verbrauchswerte sicherlich unnötig in die Höhe katapultieren, was ich natürlich vermeiden wollte. Allerdings schien sich dieses Problem dann auch wie von Geisterhand selbst zu regeln, denn nach einer gewissen Zeit stellte der Heizkörper sich wie von alleine wieder ab.

Da sich der Vorgang in den kommenden Wochen des Öfteren wiederholte und ich beim ersten kleinen Defekt nicht gleich den Hausverwalter kontaktieren wollte, entschied ich mich nun aber doch dazu, hier mal einen Fachmann nachschauen zu lassen, denn irgendetwas konnte da ja nicht stimmen. Außerdem war es ein ziemlich kalter Winter und eine berühmte Tageszeitung titelte gerade wieder mit der Top-Schlagzeile, dass ganz Deutschland aufgrund der winterlichen Minusgrade mit hohen Heizkostennachzahlungen zu rechnen hätte und diesen wollte ich schließlich vorbeugen.

Nachdem ich mit meiner Hausverwaltung einen Termin vereinbart hatte, kam eines Tages ein älterer Handwerker im typischen Blaumann und einem Werkzeugkasten in der Hand. Auf dem Weg ins Schlafzimmer erklärte ich ihm den angeblichen Defekt an meinem Heizkörper, worauf er gleich drei Möglichkeiten nannte, wo der Fehler liegen könne, ohne den Heizkörper überhaupt gesehen zu haben.

Nachdem er mit einer Rohrzange ein wenig ans Heizungsrohr klopfte und auch das Thermostat auf und wieder zudrehte, stand seine Diagnose fest: Es gab da wohl einen kleinen Stift im Thermostat, der die Wärmezufuhr regulierte, und genau dieser Stift war durch die Sommermonate, in denen er länger nicht bewegt wurde, ein wenig unbeweglich geworden.

Für mich klang dies im ersten Moment beruhigend, denn offensichtlich musste dieser Stift nur mit etwas Öl geschmiert werden, wodurch eine größere Reparatur vermieden werden konnte. Doch dann gab mir der Heizungsmonteur seinen ganz persönlichen fachmännischen Rat, wie ich dieses zukünftig umgehen konnte. Um zu vermeiden, dass der Stift *hängen bleibt*, wie er es nannte, sollte ich den Heizkörper ganz einfach immer auf drei stehen lassen, so könne nichts passieren.

Moment, dachte ich, ein Handwerker rät mir gerade dazu, den Heizkörper nicht mehr auf null zu stellen, sondern ihn die ganze Heizperiode über auf drei gestellt zu lassen? Was sollte das für einen Sinn machen, außer dass ich nun von November bis mindestens Mitte März ein stets geheiztes Schlafzimmer hätte? Ich wollte doch aber gar kein permanent warmes Schlafzimmer. Dies erinnerte ja geradezu an das Fernwärmesystem der ehemaligen DDR; entschied dort nicht der Staat darüber, wie warm es seine Bürger in der Wohnung haben sollten? Wurde es ihnen dann zu warm, öffneten sie eben alle Fenster. Da ich aber ein Kind der 80er war und mit wachsendem Umweltschutz groß geworden bin, wollte ich gerne selbst entscheiden, wie und wann ich mein Schlafzimmer heizte. Dem Handwerker erklärte ich dann freundlich, dass ich mit seinem Tipp nicht ganz zufrieden wäre und fragte, ob nicht ein paar Tropfen Öl helfen würden, damit der Stift, der ja angeblich das Problem sei, wieder besser gleiten könne.

Liebe Leser, haben Sie schon einmal davon gehört, dass Ärzte es heutzutage gar nicht schön finden, wenn Patienten ihre Diagnose, die sie sich oft im Internet besorgt haben, gleich mit zur Sprechstunde bringen? Offenbar kränkt dies die Berufsehre der Ärzte und genau so gekränkt war nun auch mein Handwerker, jedenfalls sagte mir dies sein Gesichtsausdruck. Mit einer etwas höher gewordenen Stimmlage erklärte er mir dann, dass er das Problem auch gerne mit Öl bekämpfen könne, er aber keine Zeit hätte, ständig bei mir vorbeizukommen, nur weil der Stift in meinem Heizkörper wieder nicht funktioniere.

Auch meine Stimmlage veränderte sich nun rasch und in leicht ironischem Ton fragte ich ihn, warum man den wärmeregulierenden Stift denn überhaupt in das Thermostat eingebaut hätte, wenn es seiner Meinung nach offenbar besser wäre, den Heizkörper die ganze Heizperiode über auf drei zu stellen.

Er wollte mir nur einen Tipp geben, bekam ich zur Antwort, und dass ich diesen natürlich nicht annehmen müsse. Außerdem sollte ich mir mal die Frage stellen, wie viele Mieter ihn gerade wegen defekter Heizkörper anrufen würden.

Das hatte gesessen, wie konnte ich auch nur so dumm sein, einen Monteur zu bestellen, der genau diese Dienstleitung anbot. Ich entschuldigte mich daraufhin bei ihm dafür, dass die Hausverwaltung ihn überhaupt bestellt hatte, und überbrachte ihm die frohe Botschaft, dass ich mich persönlich dafür einsetzen würde, dass dies in Zukunft nicht mehr passiere.

Nach diesem aufgeheizten Gespräch machte sich der Monteur dennoch an die Arbeit. Die Demontage des Thermostats und der Einsatz der Ölflasche machten ungewöhnlich viel Lärm, was mich zum Schmunzeln animierte. Hier passte der Spruch

Viel Lärm um nichts. Nun gut, sollte sich mein Handwerker ruhig austoben, die Hauptsache war, dass der Fehler danach behoben war.

Offensichtlich hatten ein paar Tropfen Öl das Problem tatsächlich behoben, denn danach ließ sich das Thermostat nicht nur wunderbar öffnen und wieder schließen, auch der kleine Metallstift, der das große Übel ja hervor gebracht hatte, funktionierte wieder tadellos. Einer unbekümmerten Heizperiode stand nun nichts mehr im Wege, dennoch muss ich jedes Jahr erneut an den guten Tipp des Handwerkers denken, meine Heizung ständig auf drei gestellt zu lassen – ein wahrer Meister seines Faches.

Die Rechnung, die meine Hausverwaltung danach bekam, hatte es übrigens in sich. Für die Anfahrt, Montage und den Einsatz von Schmiermitteln, also drei bis sechs Tropfen Öl, wurde ein Betrag von nahezu 55,- € berechnet. Ein Barrel Öl, also 159 Liter, kosteten seinerzeit ganze 40,- $!

12. Freundschaft ist eine Dienstleistung

Liebe Leserin, lieber Leser, das waren nur elf meiner real erlebten Kauf- und Beratungserlebnisse aus der so viel zitierten *Servicewüste Deutschland*. Obwohl ich diese Bezeichnung in jungen Jahren als übertrieben empfunden habe, wurde ich im Laufe meines Lebens doch oft eines Besseren belehrt. Natürlich wurde ich auch oft einwandfrei und hervorragend bedient und beraten, das Schlimme daran war aber, dass mich dieses dann oft überraschte, weil ich mit einer hervorragenden Bedienung ja gar nicht mehr gerechnet hatte. Mir persönlich stellt sich die Frage: Müsste es nicht genau anders herum sein? Müssten wir als Kunde nicht stets nett und freundlich bedient werden und sollte uns nicht eine unfreundliche Bedienung als solche direkt auffallen?

Um nun aber nicht den Eindruck zu erwecken, dass es nur im Dienstleistungsgewerbe enttäuschende Erlebnisse gibt, möchte ich Sie zum Schluss noch an einer ganz persönlichen Erfahrung teilhaben lassen. Denn auch Freunde können einen so unglaublich überraschen, dass es einem glatt die Sprache verschlägt. Stellen Sie sich vor, Sie tun einem Ihrer besten Freunde einen Gefallen, der Sie nicht nur Überwindung kostet, sondern zum Schluss auch noch bezahlt werden muss – von Ihnen natürlich!

Jeder kennt sicherlich das Gefühl, dass man mit seinem Geld einfach nicht auskommt; oft sprengt eine unerwartete Reparatur das Budget, die Ausgaben im Urlaub waren höher als geplant oder im Schaufenster eines Schuhgeschäftes lagen wieder ein Paar Schuhe, die einen förmlich anlächelten und schrien: *Hol mich hier raus, ich bin dein Paar!* Der Gedanke, sich einen lukrativen Nebenjob zu suchen, ist also nicht weit. Dieser muss natürlich mit dem Hauptberuf harmonieren und sollte mit diesem zeitlich gut vereinbar sein.

Eine meiner damals besten Freundinnen, nennen wir sie Inge, hegte schon länger solche Gedanken. Als Außendienstmitarbeiterin eines Zigarettenkonzerns verdiente sie damals zwar so gut, dass sie in der Lage war, sich gemeinsam mit einem Freund ein frei stehendes Dreifamilienhaus in bester Lage in Köln-Müngersdorf kaufen zu können, dennoch wuchsen ihre Ansprüche stetig. Um diese realisieren zu können, wuchsen natürlich auch ihre Ideen, wie dieser Nebenjob aussehen könnte. Mal sollte es ein Bierstand zum Kölner Karneval sein und dann, obwohl man von Käse ja keine Ahnung hatte, ein Käsegeschäft auf der Kölner Ehrenstraße. Die Ideen waren breit gefächerten und wechselten wöchentlich.

Eines Freitagabends, das Thema *Nebenjob* hatte sich inzwischen ein wenig beruhigt, schlenderten Inge und ich über den Kölner Rudolfplatz. Mitten im Gespräch erinnerte sie mich an unser Treffen, das für den nächsten Tag geplant war, und sagte dieses ab. Da dies nun etwas spontan kam, schließlich hatte ich eingeplant den Samstag mit ihr zu verbringen, fragte ich, was denn plötzlich dazwischen gekommen sei. Sie erklärte mir, dass sie bei der Nebenjobsuche fündig geworden wäre und morgen eine Schulung bei der Finanzberatungsgesellschaft *OVB* machen würde, um zukünftig als unabhängige Anlageberaterin zu arbeiten.

Nie werde ich meine Reaktion von damals vergessen, denn nach dieser Schulung sah ich mich bereits als einer der Ersten vor ihr sitzen, mit dem sie nun eine Beratung, auch *Finanzanalyse* genannt, machen wollte. Ich, der genau wusste, dass Sie ihr Fachwissen erst vor wenigen Tagen erworben und eigentlich gar keine Erfahrung hatte. Um genau dieser unangenehmen Situation unter Freunden auszuweichen, gab ich ihr sofort zu verstehen, dass sie mich am Ende der Schulung bitte nicht fragen solle, ob sie bei mir eine Analyse machen dürfe, denn so etwas würde zwischen Freunden meines Erachtens nie gut gehen. Zwar hatte ich mit Inge in den letzten Jahren auch über finanzielle Dinge gesprochen, schließlich war ich mit Anfang dreißig gut mit Lebens-, Renten- und Sachversicherungen bestückt, einen hundertprozentigen Einblick in meine Finanzen wollte ich ihr aber dennoch nicht gewähren, irgendetwas in mir sträubte sich bei dem Gedanken.

Es vergingen einige Wochen, in denen das Thema *Finanzberatung* zwischen Inge und mir nicht mehr zur Sprache kam. Froh darüber, dass ich einer ungewollten Analyse aus dem Weg gehen konnte, sprach ich Inge nicht mehr darauf an. Auch sie hielt sich gekonnt zurück, offenbar wollte sie unsere Freundschaft nicht gefährden, was ich ihr natürlich hoch anrechnete.
Wie ich heute jedoch weiß, war dies nur die berühmte Ruhe vor dem Sturm, denn eines Tages erzählte mir Inge, dass sie die Anzahl der Schulungsabende, die offenbar Pflicht waren, absolviert hätte und sie von ihrem Mentor gedrängt würde, so langsam auch Analysen mit potenziellen Kunden durchzufüh-

ren, schließlich sollte das Erlernte ja auch in der Praxis umgesetzt werden. Und dann kam die Frage, die ich bereits vor Wochen versucht hatte zu umgehen: Inge bat mich darum, im Beisein ihres Mentors eine Finanzanalyse bei mir durchführen zu dürfen.

Ein unangenehmes Gefühl durchfuhr mich. Nicht nur, dass das Ausschlagen so einer Analyse damals das Erste war, auch fühlte ich mich durch die Bemerkung, dass ich ihr diesen *kleinen Gefallen* als Freund ruhig tun könnte, in die Ecke gedrängt. Als ich sie daran erinnerte, dass ich das von Anfang an vermeiden wollte, gab sie mir zwar recht, bat mich aber dennoch darum – nicht nur, weil es ja nur eine Stunde dauern würde; außerdem hätten ihr drei andere Freunde einen bereits zugesagten Termin wieder abgesagt. Die Analyse bei mir wäre ja auch nur zu Übungszwecken gedacht, um so ein wenig Routine in ihrer Gesprächsführung zu gewinnen, bevor sie den ersten Termin bei einem richtigen Kunden hätte.

Schließlich erlag ich ihrem Charme und Bitten, was vielmehr ein Drängen war, und stimmte einer inoffiziellen Analyse bei mir zu. Da ich ihr zu Übungszwecken nun aber nicht meine genaue finanzielle Situation offenbaren wollte, gab ich ihr zu verstehen, dass ich keine realen Zahlen angeben würde. Sofern sie aus unseren Vorgesprächen also noch Zahlen in Erinnerung hätte, sollte sie es tunlichst vermeiden, dies vor den Augen ihres Mentors anzusprechen.

Mit einem unguten Gefühl im Bauch verabschiedete ich mich und mir blieb nichts anderes übrig, als auf ihren Anruf zu warten, bei dem sie mir den Beratungstermin bekannt geben wollte – den Termin, den ich nie wollte.

Wenige Tage später war es so weit, gegen 18.00 Uhr an einem Montag wollte Inge mit ihrem Mentor, der ein erfahrener *OVB*-Finanzberater war, zu meiner persönlichen Finanzanalyse vorbeikommen. Schon vorher sagte ich zu mir selber, dass, egal was passieren würde, ich den Dingen einfach ihren Lauf lassen wollte. Auf keinen Fall würde ich Inge vor ihrem Mentor durch unpassende Kommentare, flapsige Sprüche oder dergleichen in eine unangenehme Situation bringen. Als guter Freund wollte ich Inge einfach nur die Möglichkeit geben, erste Erfahrungen in einem Verkaufsgespräch zu sammeln, und zwar unter möglichst realen Bedingungen.

Je näher der Zeiger auf 18.00 Uhr zusteuerte, desto öfter schaute ich aus meinem Fenster im dritten Stock in den Innenhof, denn natürlich war ich neugierig und wollte sehen, wen Inge mir da ins Haus brächte, sicherlich einen typischen Vertreter im Anzug und mit einer schwarzen Aktentasche bestückt. – Und da kamen Sie auch schon. Doch wer war das? Hätte ich Inge nicht an ihrem etwas langsam und schläfrig wirkenden Gang erkannt, hätte ich gedacht, da käme eine völlig andere Frau, was wohl an ihrem Outfit lag. *Meine* Inge war stets in lockeren Jeans, leichten Shirts und Turnschuhen gekleidet, auch ihre Frisur schien ihr nie besonders wichtig zu sein. Die Inge, die nun samt Anzug tragender Begleitung auf meine Haustür zusteuerte, trug einen schwarzen Rock mit passender weißer Bluse, einen Blazer und – ich konnte es nicht glauben – richtige Damenschuhe. Auch ihre Haare waren kaum wiederzuerkennen. Hätte ich nicht gewusst, was mich gleich erwarten würde, wäre hier mein flapsiger Spruch *Ist irgendwas mit Omma?* sehr passend gewesen. Als ich meine Türklingel läuten hörte atmete ich noch einmal tief durch und dachte daran, dass ich das ja alles gar nicht wollte, aber: zu spät!

In meiner Wohnung angekommen, begrüßte mich Inge recht sachlich und stellte mir ihren Kollegen von der *OVB* vor, der ihr Gespräch nun mitverfolgen würde. Nachdem ich meinen Gästen Getränke angeboten hatte war mir schnell klar, dass Inge offensichtlich auch hier geschult wurde, denn sowohl sie als auch ihr Begleiter bestellten lediglich ein Glas Wasser. Da ich mir gutes Benehmen vorgenommen hatte, erfüllte ich die Wünsche kommentarlos, musste innerlich aber schmunzeln, denn in fünf Jahren Freundschaft hatte Inge noch nie ein Wasser bei mir bestellt. Nun, das konnte ja heiter werden.

Sodann ging es auch gleich los mit der Beratung. Inge holte einen Hochglanzprospekt aus ihrem Aktenköfferchen, auf dem in großen Lettern zu lesen war: *Früher an später denken!* Inge las mir diesen Satz sogar vor und fragte mich allen Ernstes, ob ich davon schon einmal etwas gehört hätte.

Nun, ich war Anfang 30 und hatte mir mit 24 Jahren meine erste Eigentumswohnung in Hannover gekauft, sodass man annehmen konnte, dass ich schon recht früh an später gedacht habe. Irgendwie kam ich mir in diesem Moment wie ein kleiner Bub vor, den nun eine gehörige Kopfwäsche erwartete. Offenbar zog sie das Gespräch genau so durch, wie sie es gelernt hatte, als wäre ich kein Freund, sondern eine fremde Person. Ehrlich gesagt hatte ich gedacht oder auch gehofft, dass wir einfach nur schnell die Analyse machen, sie sich bedanken und wir danach wieder alle zufrieden unserer Wege gehen würden. Offenbar schien dies nun aber eine etwas längere Angelegenheit zu werden.

Ich lächelte meine Verärgerung einfach weg und ließ die Finanzanalyse über mich ergehen. Brav beantwortete ich ein paar Fragen, machte wie abgesprochen falsche Angaben zu bisherigen Versicherungen inklusive zu zahlender Beiträge und erfuhr etwas über die Unabhängigkeit der *OVB* sowie sichere Anlageformen und deren Produkte, die alle wie maßgeschneidert für mich schienen.

Anhand der Hochglanzbroschüre, die Inge zu Beginn präsentierte und während ihrer Analyse nach und nach durchblätterte, konnte ich erkennen, dass wir uns nun langsam dem Ende näherten. Noch konnte ich nicht ahnen, dass es ein Ende mit einem Riesenknall werden würde.

Irgendwann fragte mich Inge, ob ich mir denn vorstellen könnte, was mich diese Beratung, die sie gerade mit mir machen würde, kostet. Bei dem Wort *kostet* durchzuckte es mich innerlich ein wenig, denn über Kosten hatte ich mir bis dahin noch keine Gedanken gemacht; meines Erachtens nach tat ich meiner guten Freundin Inge ja gerade einen Gefallen. Sollte ich mich da etwa täuschen?

Davon ausgehend, dass ein Finanzberater oder Makler für einen abgeschlossenen Vertrag dreieinhalb Prozent Provision erhält und um meine nicht sichtbare innere Anspannung zu überspielen, gab ich selbstbewusst und branchenerfahren zur Antwort, dass ich davon ausgehen würde, dass ihre Beratung natürlich kostenlos wäre, außer die 3.500,- € Provision, die sie bekäme, falls ich eine Lebensversicherung über 100.000,- € bei ihr abschlösse. So viel Insiderwissen ließ jetzt nicht nur Inge lächeln, auch ihre Begleitung, die dem Gespräch bis dahin nur schweigend folgte, konnte sich ein Lächeln nicht verkneifen.

Inge gab mir zur Antwort, dass dies indirekt richtig sei und auch ihre lebenslange Beratung und Kundenbetreuung kostenfrei wäre, das Einzige, was ich zahlen müsste, wären 15,- € für ihre gerade erbrachte Analyse. – Bumm, die Katze war aus dem Sack, die Bombe geplatzt. Was musste ich da gerade hören? Inge wollte tatsächlich, dass ich ihr 15,- € bezahle? 15,- € für etwas, das ich ausdrücklich nie wollte? War ich es nicht, der Inge gerade einen Gefallen tat?

Nach wie vor hielt ich mich an meinen mir selbst auferlegten Verhaltenskodex, Inge nicht in Verlegenheit zu bringen, also lächelte ich anständig weiter, fragte aber dennoch, ob sie nun tatsächlich 15,- € von mir haben wolle. Sichtbar erleichtert, ihre erste Analyse offenbar erfolgreich abgeschlossen zu haben, lächelte auch Inge adrett weiter und bestätigte mir noch einmal, dass sie jetzt 15,- € von mir bekommen würde.

Wie in Trance stand ich vom Tisch auf und ging in Richtung Schreibtisch, auf dem mein Portemonnaie lag. Wie gerne hätte ich ihr jetzt gesagt, dass es besser gewesen wäre, wenn sie mir das vorher gesagt hätte, denn so viel Geld würde ich normalerweise nicht im Hause habe. Da mir diese Unverschämtheit aber für einen kurzen Augenblick die Sprache verschlug und mir nicht nach Späßen zumute war, holte ich den geforderten Betrag, legte ihn Inge auf den Tisch und sah ihr tief in die Augen. Was spielte sich hier gerade ab? Hatte Inge einfach nur vergessen mir zu sagen, dass sie diesen Betrag berechnen muss und mir später wieder zurückgeben würde? War das gerade keine Unverschämtheit unter Freunden sondern tatsächlich Realität und Normalität? Ich war verwirrt und hoffte auf eine baldige Aufklärung.

Nachdem ich bezahlt hatte, bedankte sich Inge bei mir und klärte mich darüber auf, dass meine Daten in den nächsten Tagen per Computer ausgewertet und analysiert würden. Sobald das Ergebnis vorläge, wollte sie sich wieder bei mir melden. Da ich ihr zu meinen bestehenden Versicherungen wie angekündigt falsche Angaben gemacht hatte, wunderte mich zwar, dass man diese nun tatsächlich auswerten wollte, es lag mir aber fern, ihr dieses mit auf den Weg zu geben.

Danach verabschiedeten sich beide mit einem Lächeln von mir und ließen mich, um einige Erfahrungen reicher, aber 15,- € ärmer, staunend zurück.

Inzwischen war es ungefähr 19.15 Uhr und ich rechnete mir aus, wie lange es dauern würde, bis Inge wieder daheim wäre. Sicherlich würde sie mich sofort anrufen, um die ganze Situation zu klären …

Volle zwei Tage hörte ich nichts von ihr und aus Wut über das Geschehene hatte ich Sie inzwischen *Fünfzehn-Euro-Inge* getauft.

Auch wenn Inge sich nicht rührte: ich musste meinem Ärger einfach Luft verschaffen und rief nach und nach unsere gemeinsamen Freunde an. Ich brauchte einfach unabhängige Meinungen, vielleicht war es ja wirklich ich, der diese ganze Angelegenheit zu pingelig betrachtete und vielleicht war es tatsächlich Inge, die hier richtig gehandelt hatte. Nachdem ich mit vier gemeinsamen Freunden telefoniert hatte, verspürte ich eine innerliche Erleichterung. Keiner konnte glauben was ich ihnen da berichtete, zwei von ihnen sagten mir sogar, dass auch sie in den nächsten Tagen so einen Analysetermin mit Inge hätten. Um mich zu vergewissern, dass ich hier auch wirklich nichts falsch erzählte oder verstanden hatte, wollte ich wissen, ob Inge denn ihnen erzählt hätte, dass sie diese Beratung auch bezahlen müssten. Beide verneinten diese Frage und gaben mir sofort zu verstehen, dass sie ihre Termine unter diesen Umständen auch sofort absagen würden.

Gestärkt durch die Telefonate und das dadurch gewonnene Wissen, wollte ich meinen Unmut auch Inge gegenüber nun nicht länger verbergen. Da sie sich telefonisch bislang nicht bei mir gemeldet hatte, beschloss ich selbst in die Offensive zu gehen und rief sie am Mittwochabend, also 48 Stunden nach ihrem Auftritt bei mir an. Nachdem es dreimal geklingelt hatte, war Inge sofort am Apparat und begrüßte mich herzlich. Nach ein wenig Small Talk erinnerte sie mich noch einmal an den kommenden Samstag, an dem ich sie morgens um vier zum Düsseldorfer Flughafen fahren sollte. Diesen Termin hatte ich inzwischen völlig verdrängt und da das Gespräch gerade in eine ganz andere Richtung lief, als von mir geplant, ergriff ich kurzerhand das Wort und wollte von ihr wissen, ob sie mit ihrer Analyse vom Montag zufrieden gewesen sei und ob sie nicht vergessen hätte, mir etwas zu sagen. Sichtlich überrascht über meine Frage teilte sie mir mit, dass sie eigentlich nichts vergessen hätte und erklärte mir stolz, dass meine Daten inzwischen analysiert würden und wir dass Ergebnis nach ihrem Urlaub besprechen könnten. Nun reichte es mir und ich erklärte meiner *Fünfzehn-Euro-Inge*, dass ich sehr verärgert über sie sei und wie sie dazu kommen würde, mir für etwas 15,- € abzunehmen, das ich doch eigentlich nie wollte. Das wiederum konnte sie nun nicht verstehen, schließlich müsste diese Gebühr doch jeder bezahlen, der so eine Analyse durch die OVB durchführen ließe.

Ich wusste nicht, wie ich es ihr verständlich machen sollte, dass die bei mir durchgeführte Analyse keine herkömmliche war, sondern aus meiner Sicht eigentlich ein Gefallen, den ich ihr getan hätte. Nun wollte sie tatsächlich von mir wissen, was denn wäre, wenn bei der durchgeführten Analyse herauskommen würde, dass ich mir für einen monatlichen Sparbetrag in Höhe von beispielsweise 100,- € in zehn Jahren eine Eigentumswohnung kaufen könnte. Das war wieder *meine* Inge; nicht nur dass ihr Gang etwas einschläfernd wirkte, auch hörte sie gelegentlich nicht richtig zu oder war einfach unaufmerksam, was in der Finanzwelt, in der sie ja Fuß fassen wollte, fatale Folgen haben konnte. Offenbar hatte sie vergessen, dass meine angegebenen Zahlen falsch waren und das Ergebnis der *Analyse*, inzwischen konnte ich dieses Wort schon nicht mehr hören, somit unbrauchbar wäre. Ich erklärte ihr auch, dass sie den Leuten meiner Meinung nach vor der Beratung sagen müsse, dass diese 15,- € kosten würde.

Ihre Reaktion wird für mich immer unvergesslich bleiben: Sie erklärte mir, dass dies aber dazu führen würde, dass die Leute dann keine Analysetermine mehr vereinbaren wollten. Außerdem wäre die *OVB* so erfolgreich, dass jährlich bis zu einer Million Deutsche so eine Beratung machen lassen und auch die Gebühr bezahlen würden.

Was sollte ich dazu noch sagen? Für einen Moment schaltete mein Gehirn auf Rechenmodus um, denn wenn sich Jahr für Jahr tatsächlich eine Million Menschen durch die OVB beraten lassen würden, wären das ja auch 15 Millionen Euro Gebühren, die da über den sprichwörtlichen Tisch geschoben würden. Ohne Quittung versteht sich, ich hatte jedenfalls keine bekommen; also wären das doch auch 15 Millionen Euro Schwarzgeld?

Gut, da die Branche ohnehin einen zweifelhaften Ruf hatte, wollte ich mir hier keinerlei Gedanken mehr drüber machen. Es galt aber immer noch, Inge auf den Pfad der Tugenden zurückzuführen und unsere Freundschaft nicht zu gefährden. Noch einmal versuchte ich ihr zu erklären, dass dies nicht in Ordnung gewesen sei und man sich so etwas gerade unter Freunden hätte vorher sagen müssen.

Aus Inges Sicht sollte nun aber noch der berühmte Tropfen auf den heißen Stein folgen. So gab sie mir abschließend zu verstehen, dass so eine Beratung schließlich auch eine Dienstleistung wäre. Das ist, als wenn ich zum Bäcker gehen würde, um mir Brötchen zu kaufen, die müsste ich schließlich auch bezahlen.

Hätte man unser Telefonat mit einem Boxkampf verglichen, so wäre ich bislang mit einem blauen Auge und ein oder zwei Tiefschlägen davongekommen. Der Vergleich mit den Brötchen, die ja schließlich auch bezahlt werden müssten, versetzte mir jedoch das endgültige Aus, ich war K. o.! Inge betrachtete ihre von mir nicht gewollte Beratung doch tatsächlich als kostenpflichtige Dienstleistung, ich dagegen war in der Annahme, einer Freundin einen Gefallen getan zu haben. Wie unterschiedlicher können Ansichten noch sein?

Inzwischen bereute ich es, dass ich Inge voreilig darüber informiert hatte, sie und ihren Freund am Samstagmorgen nicht mehr zum Flughafen bringen zu wollen. Ich stellte mir nämlich vor, was für ein Gesicht sie gemacht hätte, wenn ich sie bei der Ankunft am Flughafen um 50,- € gebeten hätte, schließlich sei so eine Fahrt von Köln nach Düsseldorf ja eine Dienstleistung und müsse auch als solche bezahlt werden – wie Brötchen beim Bäcker!

Nach diesem Telefonat hatten Inge und ich nie wieder persönlichen Kontakt. Zwar schrieb ich ihr danach noch einmal einen Brief, in dem ich versuchte ihr meinen Standpunkt erneut zu erklären, dieser wurde von ihr jedoch nur als Pamphlet deklariert. Außerdem gab sie mir den Tipp, ich sollte mich lieber auf ein bevorstehendes Casting vorbereiten, anstatt solche Briefe zu schreiben. Offenbar war ihr unsere Freundschaft weniger wert als ich es immer dachte. Wie heißt es doch so schön? Beim Geld hört die Freundschaft auf!

Fazit

Liebe Leserin,
Lieber Leser,

an dieser Stelle ein großes Dankeschön an Sie, dass Sie es bis hier geschafft haben. Meine zwölf Erlebnisse haben Sie hoffentlich ein wenig zum Schmunzeln gebracht, denn rückblickend betrachtet, kann auch ich all diesen Erlebnissen etwas Heiteres abgewinnen, außer dem letzten natürlich.

Ich bin mir sicher, dass auch Sie sich beim Einkaufen schon einmal über eine schlechte oder unfreundliche Beratung geärgert haben, diesen Ärger dann aber einfach schluckten. Der Grund ist nur allzu verständlich und nachvollziehbar: Man möchte sich eben nicht ärgern und einfach nur seine Ruhe haben. Dennoch sollten Sie nie vergessen, dass Sie der Kunde sind, also ursprünglich einmal der Grund dafür waren, warum ein Unternehmen gegründet, ein Geschäft eröffnet oder eine Dienstleistung ins Leben gerufen wurde. Der Unternehmer ist sozusagen der Angler, sein Produkt der Köder, der am Haken zappelt, und Sie sind der Fisch, der diesen Köder schlucken soll.

Also, seien Sie in Zukunft ein mutiger und selbstbewusster Fisch, schnappen Sie nicht gleich nach dem erstbesten Köder, den man Ihnen hinwirft, zeigen Sie Interesse, aber geizen Sie vor dem Angler auf keinen Fall mit dem Wissen, dass es im nächsten Teich auch andere Köder gibt.

Sofern Sie mein Buch zukünftig zu einem selbstbewussteren Auftreten verholfen hat, schreiben Sie mir Ihre Erlebnisse doch einfach per E-Mail an: info@peter-granzow.de. Ich freue mich von Ihnen zu lesen.

Ihr

Peter Granzow

Zeitfracht Medien GmbH
Ferdinand-Jühlke-Straße 7
99095 Erfurt, Deutschland
produktsicherheit@kolibri360.de